张涛 著

小言杂谈

吉林出版集团股份有限公司
全国百佳图书出版单位

图书在版编目（CIP）数据

小言杂谈 / 张涛著. -- 长春：吉林出版集团股份有限公司，2021.12（2023.1重印）
ISBN 978-7-5731-1174-6

Ⅰ.①小… Ⅱ.①张… Ⅲ.①中国文学－当代文学－文学评论－文集 Ⅳ.①I206.7-53

中国版本图书馆CIP数据核字(2022)第006021号

XIAO YAN ZATAN

小言杂谈

著　　者	张　涛
责任编辑	杨亚仙
装帧设计	刘美丽

出　　版	吉林出版集团股份有限公司
发　　行	吉林出版集团社科图书有限公司
地　　址	吉林省长春市南关区福祉大路5788号　邮编：130118
印　　刷	唐山富达印务有限公司
电　　话	0431-81629711（总编办）
抖音号	吉林出版集团社科图书有限公司 37009026326

开　　本	787 mm×1092 mm　1 / 16
印　　张	10.25
字　　数	180千
版　　次	2022年2月第1版
印　　次	2023年1月第2次印刷

书　　号	ISBN 978-7-5731-1174-6
定　　价	56.00元

如有印装质量问题，请与市场营销中心联系调换。0431-81629729

目　录

人人心中都有一本"暗账"
　　——朱日亮小说琐谈　　　　　　　　　　　　1

东北文学的"味道"
　　——关于东北文学文脉与风致的札记之一　　9

软弱的欲望与精神的病室
　　——读鬼金《春疾》　　　　　　　　　　　13

作为生命的"减法"
　　——格致散文读札　　　　　　　　　　　　16

夜晚是悲伤的催化剂
　　——蒋峰小说阅读札记　　　　　　　　　　22

艺术家许佳明之死
　　——蒋峰《和许佳明的六次星巴克》阅读札记　28

从"头"谈起
　　——小说集《头顶一片天》读札　　　　　　33

"半开之美"与"越轨的笔致"
　　——金仁顺论　　　　　　　　　　　　　　40

"我们回不到那条河流了"
　　——《离散者聚会》读札　　　　　　　　　55

现实题材是把双刃剑　　　　　　　　　　　　　61

海风山骨
　　——读《贾平凹文学对话录》　　　　　　66

在溃散中重建生活的可能
　　——读《刘晓东》和《丙申故事集》　　　71

"世界是一张纸，轻轻一捅就破了"
　　——叶弥小说读札　　　　　　　　　　　82

"总体性"叙述中的"秦腔"与"名伶"
　　——读《主角》　　　　　　　　　　　　94

没有永恒的强者
　　——《白熊回家》读札　　　　　　　　105

"跟跟派"与"政治的玄学"
　　——重读高晓声"陈奂生系列小说"　　120

突围"幽暗意识"的可能
　　——读吴文君的《幽暗》　　　　　　　134

在历史与现实间游走
　　——近年中篇小说阅读札记　　　　　　139

历史记忆与现实感
　　——2016年长篇小说的阅读札记　　　　147

人人心中都有一本"暗账"
——朱日亮小说琐谈

在今天这样一个消费主义甚嚣尘上的时代里，不仅我们的物质生活被消费着，而且我们的精神生活也被消费着，且消费的形式层出不穷。生活的艰辛与物质的诱惑，是现实生活中的两极，让芸芸众生在其间疲于奔波应付，甚至把几乎全部的能力与精力都投注于此。这使得我们在现实生活中，反而忽略了精神生活的存在，或者是忽略了精神生活的高贵与纯粹。这也正如德国哲学家黑格尔在他的《哲学史讲演录》中说的那样："现实上很高的利益和为了这些利益而作的斗争，曾经大大地占据了精神上一切的能力和力量以及外在的手段，因而使得人们没有自由的心情去理会那较高的内心生活和较纯洁的精神活动，以致许多较优秀的人才都为这种艰苦现实所束缚，并且部分地被牺牲在里面。因为世界精神太忙碌于现实，所以它不能转向内心，回复到自身。"

除了消费的逻辑渗透到了我们的精神生活中之外，还有就是我们的生活太"贴近"现实,太忙碌于现实,使得我们的精神境界与现实过于"亲密",缺少对现实的"超越性",因此,所思所想均是如何生活得"现实"。而文学恰恰是对现实的"超越",如果说"脚踏实地"是社会生活的准则,那么文学生活坚守的就应该是"仰望星空"。这里的"仰望星空"不是指我们的文学"不食人间烟火",缺少"人间情怀",而是指文学生活与现实生活应该有一种"距离感",即文学应该超越于一时一地的现实生活,摆脱现实生活的功利性,以一种悠远博大的境界和深沉厚重的情怀去关照现实生活。这就是我所理解的文学,或者说我所理解的好的文学,就该是这个样子的。

对于中国文学界而言,2012年最大的事件,无疑是莫言获得了诺贝尔文学奖。莫言获奖在缓解了国人的"诺奖焦虑症"的同时,也掀起了一股"莫言热",无论是实体书店,还是网络书店,莫言的作品均是铺天盖地。但是,"莫言热"不意味着"文学热",只是在这个消费时代里,莫言因为获奖,又被大家一起集中地"消费"了一次。在这个时代里,严肃文学的创作无疑还是被边缘化的,它们躲在时代的角落里,默默地注视着这个时代的千变万化。从事严肃文学创作的作家们,也用他们的文字表达着对时代巨变的思考。他们笔下的生活,看似遥远,其实不然,他们笔下的生活可能就是我们现在的生活,可能就是我们曾经有过的生活,可能就是我们将要经历的生活。总之,他们表达着这个时代里芸芸众生中的一种生活。这种生活或是"历史",或是"现实"，或是"可能"，无论怎样，它们都与我们息息相关。

在朱日亮的小说《暗账》中，我们就会感受到这些与我们息息相关的生活。《暗账》是一部中篇小说。小说里讲，一般而言，企业都有两本账，一本是明账，一本是暗账。用小说里的话说就是："真实的油水其实都藏在暗账里，那是企业的秘密，那才是良心账。企业会计几乎都做过这样的暗账，所以，在会计这把椅子上，坐着的往往是老板的亲属。"小说的女主人公叫李玉，她原本在内地的一家开关厂做统计，每天工作繁忙琐碎，这让李玉对这份工作怨声载道，加之又被小公务员男友挑三拣四，索性与之分手，只身一人来到了深圳。初到深圳，工作也不顺利，换了几份工作后，最后又到了一家开关厂工作，李玉的命运转了一大圈，在千里之外的深圳又似乎回到了原点。

然而，生活哪里能够原封不动地回到原点，它或是前行，或是倒退。在深圳，李玉的生活理想就是成为一个深圳人，准确地说就是一个有深圳户口的白领。这个理想并不算高远，但实现起来，却又有些遥不可及。在理想和现实的焦虑中，一个男人出现在李玉的生活中，这个人就是老普，李玉在开关厂的顶头上司。

老普这人很精明，他抓住了一单生意，自己办了一家开关厂，自己也从小主管变成了老板。李玉在老普的动员下，跟着老普到了新厂子。李玉想在新厂里做会计，可是老普还是让她做统计。其实，老普对李玉也有两本"账"，一本是明账，一本是暗账。老普的明账是让李玉帮着自己管理新厂的账目，这个是"利益"；老普的暗账是他对李玉的"非分之想"，这个是"欲望"。在企业里，一般管暗账的都是自己的亲属，可是李玉不是老普的亲属，那么，老普就要把李玉变成自己的亲属，这样一来就可以人财两得了。这就是老普心里的暗账。

老普是有妇之夫，而且他的妻子已经从各种"道听途说"中知道了老普和李玉之间的"故事"。这样一来，李玉真的就成了老普的"暗账"了，她基本就不出现在厂子里了，只是住在家里，她成了一个"隐身人"。只有老普和他的司机于伟知道李玉的"存在"。而事件的复杂就在于，于伟也是喜欢李玉的，只是因为老普的存在，于伟一直没有机会向李玉一吐衷肠。

老普对李玉的关心是无微不至的。他一方面指导李玉买基金，帮李玉赚钱，成全李玉要做深圳白领的梦想；另一个方面，他入细入微地呵护着李玉的情感，不放过每一次走进李玉内心的机会。老普一般都是在送取报表的时候，才来李玉这里。

一天晚上，老普突然出现在了李玉这儿。这天是李玉的生日。李玉自己都忘记了，还是妈妈提醒她，她才想起来，但是李玉没有心思过生日啊，心里责怪妈妈不该提醒她，如果不提醒她，她也就忘记了。

人独处的时候，免不了就要胡思乱想，这几天李玉就想，其实也不是一点工夫没有，她的生日是六月，赶上一个双休日，是完全来得及的，因前面有一个黄金周，所以六月是淡季，一般在这个月份，飞机票甚至打到了二折，比火车也贵不了几个钱。但是坐飞机——李玉觉得那还是太奢侈了，那不是她这种人该过的日子，她还够不上那样的档次。

虽然李玉没有给自己过个生日，但是，老普却记着李玉的生日。对于老普的突然出现，李玉有些不知所措，尤其是面对拿着蛋糕和红酒的老普。"李玉说：'你这是干什么，你不是来取报表的么？'老普说：'知道今天是什么日子吗？'李玉说：'是什么日子？'老普说：'今天是你生日。'李玉吃了一惊，说：'你怎么知道是我生日？'老普说：'想知道就会知道，你不是把身份证给我了么，忘了么，认购基金不是要用你的身份证吗？'"紧随错愕之后的，就是感动，除了妈妈外，就是老普还记着李玉的生日，而且还正经八百地来给她过生日了。"李玉一下子感动起来，是很大的感动，想不到老普这么细心，顺手一过的那么一会儿，他竟然就记住了，男人如果把细心用到女人身上，特别在女人需要这种细心的时候，特别这个细心又和关心连在一起，那没有女人不会感动的。李玉说，谢谢你老普。"

孤独可以让一个人的内心变得坚强封闭，但同时，孤独也可能让一个人的内心变得脆弱，在特殊的情境下，一颗孤独的心又是那么容易敞开，收留了另一颗心。就在李玉感动于老普的一举一动的时候，于伟给她打来了电话。从小说中，我们或许可以推测，于伟也知道今天是李玉的生日，他也想在李玉最孤独、最需要一个人来宽慰温暖自己的时候出现，所以他才会在晚上给李玉打来这个电话。于伟没有直接

5

说要来给李玉过生日,而是告诉李玉他明天来取报表。李玉告诉他老普来取了。于伟似乎察觉到了什么,不一会儿就打电话来,问李玉老普走了没。李玉和于伟撒了个谎,说老普刚走。于是,于伟就在电话里揭露了一下老普对李玉的"别有用心":"知道吧,你的那个基金没有分红,那是老普拿自己的钱贴补你的。"于伟的这番话,无疑是在拆老普的台,是想告诉李玉老普对她不是单纯的"好",而是有着更多的"想法",让李玉通过基金赚钱只是老普的"明账",而得到李玉才是老普的"暗账",这才是老普最本真、最切实的想法。这一晚,李玉喝醉了,老普没有走,留下来悉心照顾李玉。

第二天,老普故意给于伟打电话,让他来李玉这儿取报表。老普见到于伟后,就对他说:"昨天是李玉的生日,我喝酒喝多了,于伟你等着我,我先洗把脸,一会儿你送我出去办事。"于伟听了老普的话,脸色极为难看,他就说到楼下的车里去等老普。老普所言所做,其实都是在给于伟看,说白了,就是要给于伟一个既定的"事实",昨晚"我"住在这里了,而且"我"已经把这里当成"家"了,所以才会说出这句带有"主人"口吻的话,"我先洗把脸"。这个"事实"对于伟的打击无疑是巨大的。

其实,在这个时候,李玉是夹在了老普和于伟之间,两个喜欢自己的男人,都在借助自己来给对方拆台,向对方示威。在这番对垒中,无疑是作为厂长的老普,利用他的各种"实力"取得了"先手",给了于伟当头一棒。在这一回合中，于伟算是败下阵来。老普终于得到了李玉。老普把李玉的家也当成了自己的"家"，出出进进，穿衣戴帽也随便起来。即便如此，于伟似乎仍没有放弃对李玉的追求与期待，只不过他没有老普有"实力"，他以另外的方式与李玉保持着联系。

而在李玉的心里，也一直没有忘记于伟，有的时候甚至还会想起于伟，"女人想着一个人，一开始往往是很抽象的，但是想着想着，就会具体起来，李玉也是一样。李玉想起有一次于伟给她安装空调，那一天他热得汗流浃背，她还让他冲了凉，那一天他冲凉过后躺在沙发上睡着了，于伟的睡相就像一个孩子，李玉想起于伟那一面鼓似的胸膛，她觉得奇怪，因为她从没想过老普的胸膛，老普也没有那么一面鼓似的胸膛"。如果说可以让李玉做一个有深圳户口的白领是老普的"实力"，那么"一面鼓似的胸膛"就是于伟的"实力"。

有一天，李玉终究是没有克制住自己心中的"暗账"，她被于伟"一面鼓似的胸膛"紧紧地包裹住了，她没有挣扎与反抗，她想："就让于伟抱下去吧，就凭他冒着这么大的危险来看她，就凭他东躲西藏还会想起她，就凭他和她还这么年轻，抱就抱吧。然而李玉知道，于伟这样抱她可能只是个序幕，他俩不会只这么抱下去，序幕后面才是正戏，正戏就正戏吧，说不定这就是她的命，她命中注定就有这么一劫！"自此开始，李玉就在老普与于伟两个男人间挣扎，说到底还是在她的"明账"与"暗账"中挣扎。可是挣扎到最后，李玉似乎顿悟了，不管是"明账"还是"暗账"，人生其实就是一笔账，她觉得："原来邋遢的于伟只是一种表象，就像开关厂明里的那套账目一样，先前她还觉得于伟和老普不一样，现在看，于伟就是一个年轻的老普。"

朱日亮的《暗账》，其可贵与深刻之处就在于，它以都市生活中为生计奔波的普通人为背景，通过他们在现实生活中的努力与挣扎，展现了人性的多面与复杂，在展现光怪陆离的都市生活的同时，更直抵了人性中的"明账"与"暗账"。如果说"明账"是正大光明的人生理想与靓丽多姿的生活，那么这本"暗账"就是人性隐秘处的意识流动，同时也是永恒的本能欲望。在光鲜的"明账"下，永远涌动着隐秘晦涩的"暗账"。而小说《暗账》恰恰就与这本人性的"暗账"达到了完美的契合。

东北文学的"味道"
——关于东北文学文脉与风致的札记之一

莫言在2001年有过一次讲演,讲演的题目是《小说的气味》。彼时的莫言还没有获得诺贝尔文学奖。莫言在演讲中主要谈了一个问题,就是作家创作与故乡的关系。莫言说:"从某种意义上说,大马哈鱼的一生与作家的一生很是相似。作家的创作,其实也是一个凭借着对故乡气味的回忆,寻找故乡的过程。"我们只要回溯一下中外文学史,看看那些优秀的、伟大的作家的创作历程,就会发现莫言的说法是很有道理的。

我以为优秀的作家,在其创作过程中一定会与故乡有着千丝万缕的、扯不断理还乱的关系。故乡是他们创作取之不尽用之不竭的资源。在他们的文学生涯中,或是反复书写故乡的人与事,如鲁迅笔下的绍兴、张爱玲笔下的"旧上海"、沈从文笔下的湘西世界、莫言笔下的高密东北乡,再如美国作家福克纳,他最主要的作品都是在写他的故乡——

约克纳帕塔法；或者在故乡的生活直接塑造了作家的人生态度与文学风格，如鲁迅在故乡经历的家道中落时的生命体验，让他体味到了人性的冷漠与世态的炎凉，这对他日后的怀疑主义与反抗绝望的文学风格均产生了重要影响。环顾中外文学史，这样的例子不胜枚举。从遥远的文学史回到我们身边，在东北文学的历史中，我们同样可见东北作家与这片黑土地的紧密联系以及由此生发出来的独具特色的文学味道。

东北作家群在中国现代文学史上留下了重要的足迹，其中萧红与萧军是影响比较大的两位作家。离开东北到上海后，他们与鲁迅有较多交往。鲁迅帮着他们出书，为他们的新书作序，还与他们有较多的通信往来，尽一个长者的所能帮助两位来自东北的文学青年。在这些文字中，除了关心提携文学后辈外，鲁迅也数次谈及了"二萧"在文学创作中的成就与问题。我以为，鲁迅对"二萧"文学成就的敏锐体察，道出了东北文学独特的味道与风韵。上海文坛有人批评萧军的作品有土匪气，鲁迅在1935年9月1日写给萧军的一封信中说："'土匪气'很好，何必克服它，但乱撞是不行的。"鲁迅在给萧红的成名作《生死场》所作的序言中，赞扬萧红对"北方人民的对于生的坚强，对于死的挣扎，却往往力透纸背；女性作者的细致的观察和越轨的笔致，又增加了不少明丽和新鲜"。我以为，鲁迅所言的"土匪气"与"越轨的笔致"，大体上触及了东北文学"味道"的精髓所在。或者我们可以说，"野性"与生命的"力度"是东北文

东北文学的"味道"——关于东北文学文脉与风致的札记之一

学"味道"的本质所在。这或许是由我们的地域特点与文化历史所决定的。

如果单纯地论文化,我们没有中原文化的悠久与厚重,也没有江浙文化的细腻与精巧。但这片未经烂熟文明"浸染"的土地,最大程度上保留了生命中的"野性"与"力度"。加之沃野千里的平原,贯穿其间的大山大河以及冬季的"北国风光",为这"野性"与"力度"又带来了博大与冷峻。

我以为,东北的作家应该固守这份难得的独特的地域文化馈赠,由此来生发构建起自己的文学世界。这份独异的文化地理是东北文学创作的根基所在。我们东北的作家的着眼点主要不该在"北上广",应该在这片黑土地上。即便是写"北上广",也该以我们的文化视角来写。在中国现代文学史中,沈从文的创作或许能给我们东北作家带来一些启示。当年沈从文离开湘西独自在北平漂泊时,开始并没受到多少关注。但后来,他带着他的"湘西世界"开始在现代文坛崭露头角,直到成为中国现代文学史上的名家。其创作的影响,时至今日仍然"在场"。我们从沈从文的作品中可以发现,这些创作或是展现湘西世界的淳朴与宁静,如《边城》;或是以"乡下人"的视角审视城市文明,即以乡土文明批评城市文明,如《八骏图》。如果我们东北作家也能如沈从文一般,以"边缘"视角来看待我们的时代与周遭,从"大东北"看"北上广",借用毛主席诗词来说就是"冷眼向洋看世界"。以"大东北"的"冷"看"北上广"的

"热",或许能看出一番"新天地"。这"别有洞天"的视角与姿态,或许才是东北文学的特色,乃至是对当代文学的贡献。

我是文学创作的"门外汉",但一直在读文学,学文学。以上诸言皆是"门外谈",所言能有所益当然是好,如果所论言不及义,就当是"站着说话不腰疼",还请各位文学创作的"门内汉"见谅。

软弱的欲望与精神的病室
——读鬼金《春疾》

艾略特说："四月是最残忍的季节。"《春疾》讲述的就是这样一个残忍的四月。当然，在这个四月里，除了残忍，还有敬重，还有惜别。

四月本应该是一个生机勃勃的月份，但于"我"而言，却如艾略特的诗句一样残忍。这残忍不仅是"我"因为生病丧失了说话的能力，更重要的是在精神与欲望上的痛感。小说讲述的是一个老生常谈的故事——文艺青年或知识分子的身体与精神困境。小说在形式上有些变化，作者在叙述这个老话题的时候，设置了两条线索：一条是讲"敬重与惜别"，另一条是讲"残酷"，但归根结底都可算是残酷。两者有时并行不悖，有时又因为"我"而重叠。

"敬重与惜别"，是因为托马斯·特朗斯特罗姆、君特·格拉斯、马尔克斯这些我所崇敬的文学大师都在"这个四月"（特朗斯特罗姆是在3月26日离世）离去。他们就是我精神上

小言杂谈

的"父辈"。他们的离去，比疾病更让"我"痛苦。"我"通过"便笺"的形式，不断回忆大师们的作品以及这些伟大作品带给"我"的精神食粮，由此向域外的文学大师致敬。除此之外，小说还用具体的情节向大师致敬，正如一些青年导演用影片向那些自己崇敬的前辈致敬一样。鬼金在小说的开篇讲"我"住的是第六病房，就很容易让我们想到契诃夫的《第六病室》，虽然两者的内容差别很大，但有一点相近，就是反抗。"我"在第六病房里就是"疾病的囚徒"，"我"要反抗囚禁"我"的这个"病室"。

　　残酷，既是因为"我"的病，也是因为"我"空洞的欲望。"我"因为生病丧失了说话的能力。因为"我"的残缺，女友离开了"我"。当然，"我"未生病时与女友在一起也只因空洞的欲望。残缺与离弃，使我空洞的欲望更漫无边际地"所指"着。对给打针、测体温的女护士"我"充满了欲念，对她们的一颦一笑都充满了情色想象。这种空洞与任意的欲望所指，让"我"博得同情之余，也让人觉得有些猥琐。更残酷的是，残缺空洞的欲望，不仅让"我"卑微与无聊，也让"我"对真正的爱丧失了能力，无颜去面对爱"我"的祁红。最终还是祁红用"真爱"拯救了"我"。

　　如上所言，《春疾》讲的是一个老话题，呈现的也是一个老问题，就是主人公的软弱无力。在"欲望的旗帜下"与"精神的困局"中，我们常常看到的是"多愁多病身"。《春疾》中的"我"与中国现当代文学史上描述过的多数"知识人"一样，都缺少生命的强力与精神的韧性。他们即

软弱的欲望与精神的病室——读鬼金《春疾》

便对自身的身体与精神困境有所反抗,但结局终归是要失败,或是要借助其他力量的拯救。《春疾》中的"我"就是一个"多愁多病身",空洞欲望的任意"所指",只能让"我"对女性进行情色的想象,即便最后被"拯救"了,"我"也在祁红的温情中哭泣起来。哭泣就是生命力孱弱的表现。《春疾》用病掩饰了"我"精神、情感上的软弱,但在结尾处还是将"我"的"隐疾"暴露无遗。我想,祁红的温情或许也是鬼金的温情,他让"我"在祁红的抚慰中决定走出"病室"。但这样的温情,也让"我"难以"自立"。正如鲁迅在《娜拉走后怎样》中说的那样,从未独立过的娜拉,出走后的结局无非是堕落下去,或者是回来。"我"亦如此。在祁红的搀扶下"我"走出了病室,但祁红的温情,终究不能搀扶"我"一直走下去。如果离开了祁红的温情脉脉,"我"又能走多远呢?

15

作为生命的"减法"
——格致散文读札

在诗歌、小说、戏剧、散文等诸多文体中,或许散文被认为是最容易写的。但实际的情况往往并非如此。散文看似好写,实则不然。散文"简单",简单的东西难以装饰,它最直接地呈现出"本质";因为简单,又不容易写得"深远",所以还要伸向复杂幽暗的"远方"。所以,散文最能反映一个作家的水准与心性。

一

格致在2000年开始创作,起步不算早。格致自己说,她写散文的主要原因是恐惧。这种创作的动机与理由与许多作家相似。在此,创作成了一剂良药,在流淌的文字中,慢慢治愈或渴望治愈恐惧。但格致的散文创作,却又远不止于

"疗救"，或许读完格致的散文，不仅没有"疗救"的功效，反而陷入了更为深远、幽晦的黑暗之中。

在流行的散文创作中，"抒情"是一个大的潮流，从古典到当下，一直如此。格致的散文显然是有别于此的。艾略特说过，伟大的作家都是活在传统中的；但布罗姆也声言"影响的焦虑"。我不知道用"影响的焦虑"来描述格致的散文创作是否合适，或许格致的创作就是如此，既没有活在传统中，也根本没有过"影响的焦虑"。这或许也符合格致所言的"减法"。

写于2004年的《减法》，足以见出格致的散文创作已经与"抒情"散文的传统拉开了很大的距离了。在某种意义上说，距离产生美，距离产生新意。

格致说："我从来是不敢看伤口的，我的，别人的，我都不敢看。打针，我是不敢看针尖刺入皮肤的，这时候我就把脸别到左边或者右边。我东张西望的样子，就是与那针尖拉开距离。我晕针、晕刀、晕血、晕伤口。"（《女人没有故乡——写在萧红先生诞辰百年》）但《减法》却是回望童年时的"伤口"与"恐惧"。伟大的作品或许就是对生命与人性"伤口"的回望与超越。海德格尔有云，人是向死而生的。人从出生的那一天开始，生命就开始在做"减法"运算。生命之初，就是一张白纸，虽然生理意义上的生命在做着减法，但人性意义上的生命却在不断地充盈着。当然，这一充盈，并不一定都是友善、纯净，同时还有"伤口""恐惧""暴力"等各色人性之恶。在此，生命的"减法"与

"加法"是相伴而生的。

格致最初距离读书的学校还不到三十米,后来逐渐到七百五十米、四千米。距离的延伸,导致的是宠爱的失去,或者准确地说是父亲权力的光环照不到"我"前行的路,"父亲使新建的学校离自己的孩子远了两百米……于是,我向前行走的两百米,就是父亲在权力上有意后退的距离。走过这条暗藏着政治的上学之路,我开始了三年级"(《减法》)。在此,我们可以看到格致对生活的细微观察以及对"生活政治"或"权力"的敏感。有很多人在谈论格致的散文时,时常提及格致在散文中体现的那种"冷"或者"勇敢"。格致在她的散文中,确实是有如此的体现。但或许这并不是格致散文的一个重要本色。我以为,在格致的散文创作中,她对历史、生活政治、权力,均很敏感,也有着一种省思和批判的态度。但这种省思与批判是有限度的,当然,这并不是格致个人的限度,而是一种人性的限度。

《利刃的语言》是格致散文创作中的名篇。讲述的是"我"到一个西瓜摊买西瓜,卖瓜人"叫"(切开一块验优劣)开西瓜后,"我"发现西瓜不好。而"卖瓜人一手托着瓜,一手握着西瓜刀,不好,哪不好?并且直视我","我"终于在这利刃面前害怕了。有很多评论据此从女性主义的角度,来谈格致作为一位女性是如何面对"男权"的。但在我看来,格致的思考并没有局限在女性主义的立场上。她发现"刀是有语言的……它喜欢一切柔软的东西,比如青菜,比如绢布,比如女人。它说它不大喜欢石头、金属、男人等一切不容易切割的东西"。由此，我们可以看出，格致在此是对普遍意义上的"权力"或者"力量"的反思。当然，这种反思或者反抗也是有局限的。"我"最后还是识时务地买了两种东西——肉和西瓜。我们看到了"我"或者格致在她的散文中对"刀"的妥协。要是放在此前，我也会以为格致的散文是"软弱"的，在这个"文学世界"中没有表现出不顾一切、血拼到底的反抗力量，连实现"诗性正义"的勇气也没有。但我现在不大认为格致是软弱的了。因为格致已经看得很透彻了，"刀"就是"力量"，"刀"说的就是"真理"。现实就是如此的"坚硬"，如此的"赤裸裸"。我们为什么还祈求虚幻的"诗性正义"呢？这虚幻的正义又如何在生活中给予我们力量？

正如格致在《减法》中呈现的那样，"减法"除了是一种计算意义上的运算外，还是一种"妥协"与"成长"。在现实中，我们目睹着他人的"减法"，也切身体味着自我的"减法"。

二

20世纪90年代以来，历史散文的创作成为一股热潮。在格致的散文中，我们也可以见到她对"历史"的关注，但她呈现出来的不是那种"大历史散文"的外在"形式"，而是直接抵达历史中个体生命的隐痛以及历史自身的"伤口"。

格致在《减法》中，不断回忆她周围的同学逐渐"减少"的过程。这里面有的是因为智力的问题。有的是因为偷了老师的五块钱，在另一位老师的水杯里撒了尿，当然这些学生也为此付出了惨重的代价，先是被"示众"（在那个年代里，经常采用这种方式对待那些有"问题"的人），并且"那杯尿被平均分成了四份。他们对端到嘴边的杯子没有推辞，都接过杯子喝了下去。但他们的泪水就在接过杯子时流出来了"。他们在喝尿的同时开始了"哭泣"，这种"示众"的目的不仅仅是"惩罚"，更重要的是"羞辱"。惩罚格致同学的校长就如《利刃的语言》中的那个持刀的卖瓜人，他砍向那四个"柔软"的学生。还有女生因为"生理"问题，从"我"的身边消失。那仅仅是因为"年幼无知"，无法解释女生的月经，而改变了一生的命运……凡此种种，格致曾经的同学，因为各种原因不断地在"减少"。在这个生命的"减法"运算中，我们见到了历史与人性的冷酷，也见识了格致洞见历史与人性的深刻之处。我想，这种洞见的能力是好散文的必备品质。

格致是满族人，在近年的创作中，她更多的是关注自己的"家族记忆"，通过这种"家族记忆"去打捞满族的历史与文化，如《满语课》《乌喇街商铺见取图》等篇章。这种写作方式，在近年也算是散文或者是小说创作中的一种倾向。这类散文大多是以"私人化"的方式，重新回望或阐释过往的记忆与历史。如《乌喇街商铺见取图》是以去世的母亲托梦的方式，来告诉"我"当年在乌喇街（现称为乌拉街）的老房子漏了，由此又讲到了"我"的地主姥爷以及民国那个时代。笔者曾经去过两次乌拉街，对于格致在《满语课》《乌喇街商铺见取图》等文章中提及的一些历史或现实，有一些了解与亲见。虽然两次都是来去匆匆，走马观花，但仍可对格致在文中流露出的一些情绪，有些"感同身受"。格致在这一类散文表达的都是一种"怀旧"的情绪，当然在这种"怀旧"的情绪中有着非常复杂的历史、情感与现实的交织。格致在此是对一种边缘文化的凭吊与打捞。这些边缘文化其实也是历史在其自身发展中做的一种"减法"，有些文化在这一过程中经历了从"中心"到"边缘"乃至消亡的过程。

格致在这些与家族记忆、民族文化相关的散文创作中，表现得很从容，也柔和了一些；讲述的故事很小，但有很强的历史关怀。这也是近年来历史散文创作中的一个明显倾向。所以，格致的这些创作，在文学的意义上，不如早前的创作那么好，那么有震撼力，那么有独特性。或许对于格致来说，这种从容、柔和并不是她创作的最佳表达方式，犀利、冷酷反而是她创作的最适合的表达方式，同时也是最有独特性的表达方式。

小言杂谈

夜晚是悲伤的催化剂
——蒋峰小说阅读札记

　　我必须坦言，在写这篇文章之前，我对蒋峰一无所知，甚至都不知道在当代中国文坛还有一位来自长春的叫蒋峰的作家。我是一个只能读小说而不能写小说的人，所以，对那些能写小说的人总有一种天然的敬意。尽管好多小说让你读后有一种难以言表的"痛不欲生"，但是，读蒋峰的小说倒没有给我带来这种痛感。

一、"夜的眼"：冷峻与悲伤

　　蒋峰是一位"80后"作家，我也是"80后"，虚长蒋峰两三岁。蒋峰出生在长春，我出生在辽宁的一个工业城市。同为东北老工业基地的"80后"，我对蒋峰的文学记忆与文学书写很好奇。在他的文学创作中，为何都是"灰色"般的

夜晚是悲伤的催化剂——蒋峰小说阅读札记

记忆？蒋峰小说的基调与气味都像是在暗夜里，尽管很多场景写的都是光天化日，但那种悲伤、无奈的氛围，就像失眠的夜晚一般，绵密而漫长。

蒋峰说过，童年是他最重要的文学记忆。在蒋峰小的时候，外公给他留下的印象最为深刻，他小说的许多故事都是关于外公的。从蒋峰的小说中我们可以看出，蒋峰的童年大体是生活在汽车厂的职工小区里。按照当时一汽的状况和工人阶级的社会地位来推断，蒋峰的童年记忆或许不应该是"灰色"的。如果蒋峰的创作谈是真实的话，那么我们可以推断，蒋峰关于童年的"灰色"记忆应该来自他的家庭或者目之所及的生活。当然，这里还存在另外一种可能，这一切都是蒋峰的想象与虚构，或者将当下的生命感悟与人性体验"穿越"到了自己的童年之中。这当然也是无可厚非的，因为文学本来就是想象与虚构的艺术。

在蒋峰的一些小说中，我们除了可以看到他对生活与人性的"灰色"理解外，还可见他的深邃与洞见。他犹如黑夜中的猫头鹰一般，冷静地端坐在枝头，那一双"夜的眼"放射出锐利的目光，晶亮中带着冷峻。这正是蒋峰对于人性的理解，也是他小说中的一个主要基调。

小说《遗腹子》是蒋峰的长篇小说《白色流淌一片》的"开头"。用蒋峰的话说，这部长篇小说以许佳明的短暂一生为线索，讲述爱情、成长、伦理等故事。我们可以说《遗腹子》讲述的是有关爱情的故事。在这里，我们看不到花前月下的卿卿我我，看不到感天动地的海誓山盟，凡是与爱情有关的那些浪漫期许在《遗腹子》中都找不到丝毫的踪迹。在这里我们看到的是情之所至之时的突然变故。傻姑娘许婷婷怀上了男友小吴的孩子，两人结婚在即，不料天降横祸，小吴因公负伤成了植物人。父亲老许恨小吴的胆大妄为与不负责任，扔下这孤儿寡母的，将来可如何是好。老许要许婷婷打掉孩子，许婷婷却坚持要生下她和小吴的孩子。因为，这是她来到这个世界上将要第一次拥有属于自己的东西，"爸，这是我的，长这么大第一次有个东西是我的，求求你，别把他抢走。"最终，老许还是拗不过女儿，但他坚持这个孩子要姓"许"（这一个"许"字隐藏了老许太多的担忧与思量），许佳明就这么来到了这个世界。

　　孩子生出来了，自然就要养活。《花园酒店》讲的就是老许养孩子的事儿。一大一小两个人，老许都要养。许婷婷是个傻姑娘，智力发育不健全，指望她抚养许佳明是不可能的事儿。而老许已经年近古稀了，他最担心的就是自己"走"了后，许佳明谁来养。他最初打算给自己买保险，然后去死，得到的赔偿留给许佳明做生活费。正当老许要实施这个计划的时候，却又遭遇飞来的横祸，他被诊断出肺癌晚期。他的生命所剩无几，但佳明的生活费却还没有踪影。老许只能铤而走险，做起了违法的生意。老许耗尽最后的生命气力要托起许佳明的"明天"。除了佳明外，老许还要给许婷婷找个值得托付的人。几次相亲，都因为佳明从中作梗而无果。最后，老许为女儿找到了哑巴于勒，为女儿和外孙安顿好了未来，老许也可以了无牵挂地"走"了。老许的一生，似乎是与幸福不搭边的。

《花园酒店》除了讲述了一个家庭坎坷而悲伤的故事，似乎还蕴含了一个更大的主题。花园酒店原来是"共青团花园"。我们如果将"从花园到酒店"这一历史性的变迁与这些年突飞猛进的地产开发相关联，似乎可以看到更多的底层生活的苦痛与悲伤。但是，蒋峰并没有将叙述引向这个"宏大"叙事之中。这可能就是"80后"作家"脱历史"的表征。有些批评家以此来诟病"80后"作家没有历史感，对此，我以为不尽然。或许"脱历史"恰恰是一些"80后"作家与大历史间的正常间距。蒋峰关注的就是老许一家老老少少的寻常生活，然而在这寻常的生活中，却蕴含了人生的宿命与悲剧。这种"脱历史"式的叙述，道尽了人生的无奈与荒凉，体现了蒋峰对人生的大悲悯。这种文学叙述提供的价值，我以为是丝毫不亚于那些充满历史感的优秀作品的。

二、东北风致与京城风景

在蒋峰的小说中，除了对人性的深刻洞察之外，我们还可以看到一些东北（长春）风致流洒其间。"他走大道，长春最宽敞的街，人民大街，刚改过来，从解放到一九九〇年，叫了四十年的斯大林大街，本来是伪满时期日本人建的，那时候叫裕仁大街。"（《遗腹子》）人民大街在长春可谓人尽皆知。在此，蒋峰简单几笔就将近代以来长春的历史勾勒出来了。历史的沧海桑田与个人的情感经历都熔铸在这看似闲笔的东北（长春）风致之中。在《手语者》中，蒋峰在讲述继父于勒逃跑的过程中，还不忘顺带写上一段北国之冬，"他像野人一样在大兴安岭待了一年多，他快活不下去了，尤其是冬天，那不是人待的。他跟我描述冬日最普通的一天，他带着枪在山里转了一上午，什么也没看着，连个兔子都没有。这时他才意识到，他可能是这片森林里唯一没有冬眠的动物"。凡是在冬天走进过东北的大森林的人，都会对蒋峰的这段描写感同身受。山峦起伏，白雪皑皑，刺骨的北风不停地呼啸着，天地间白茫茫一片，寂静的森林里没有一点儿生命的气息，只有高耸的树木在风中摆动的声音。蒋峰的小说中，时常会出现一些东北（长春）风致，尽管有时这些风致退为"背景"，或者"点缀"，但这已经算是难得可贵的了。因为，在好多东北作家的笔下，我们已经看不到东北的风致与人情了。在他们的作品中尽是"北上广"的都市生活，仅从作品中，我们已然难以判断其东北作家的身份了。在此，我必须声明，我并不是认为东北的作家必须写"东北"。但我以为，一个优秀的作家在创作中，一定会留存其深刻的地域文化因子的。这些可能表现在具体的人情风物描写上，也可能体现在作家独特的文化态度上或者其他方面。

在《遗腹子》和《手语者》中，蒋峰是沿着两条线索叙述的。一条是以"长春故事"为线索，另一条是以"北京故事"为线索。蒋峰自己说过，两条线索是为了使故事不像猎奇小说，而能与信仰与梦想联系起来。对此，我不太认同蒋峰的看法。我料想，蒋峰现在已经生活在北京了，至少不在长春生活了。加入第二条线索，只是为了使故事的内容更丰富而已。单写在长春发生的故事太单薄了，加入北京的爱情故事线索，内容不仅丰富了，"北上广"与"身"居来的都市感和时代感自然就有了。而这一切似乎与信仰、梦想关联不大。我们也可以据此看出蒋峰的焦虑与矛盾。蒋峰对单纯讲述"长春故事"似乎缺少自信，只凭借有关"长春故事"的叙述无法将他的小说讲述下去。这种叙述上的杂糅，道出了蒋峰创作中的尴尬——既不忍割舍地域文化的记忆，又渴慕融入当下写作的时尚"主流"。

当然，这些都是我作为一个读者的臆测，蒋峰未必同意的。

小言杂谈

艺术家许佳明之死
——蒋峰《和许佳明的六次星巴克》阅读札记

一

在几年前，长春还没有星巴克，或许那个时候的长春还不够现代、不够都市，起码是缺少了一些现代都市的标志。我还是在2013年的元旦，与朋友们去哈尔滨玩儿，专门到中央大街上的星巴克坐了一会儿。中央大街的星巴克里人非常多，甚至有些乱而嘈杂，我们每个人都点了杯咖啡，坐在那儿喝，找感觉。可是一点儿悠闲的、品位的感觉都没有找到，与此前关于坐在星巴克里的想象完全不同。从星巴克出来的那一刻，我终于明白了，星巴克于我而言就是一个空洞的没有内容的符号。而在蒋峰的这部系列小说的终结篇中，许佳明已经在星巴克约会了六次，显然许佳明至少是充分地生活在了这个现代都市的符号之中了。当然，许佳明不是在长春的星巴克约会。

艺术家许佳明之死——蒋峰《和许佳明的六次星巴克》阅读札记

　　星巴克是一种模式，是一种小资情调的象征。许佳明的约会都在此，就犹如他所面对的那个艺术体制一样，躲不开，逃不掉，深陷其中难以自拔，犹如一拳打在了棉花上，虽无什么痛感，但却被包裹住了。或者如鲁迅所言的那样，那是一种"横站"的姿态，四面来风，分不清风从哪里来。

二

　　小说从许佳明的死讲起，一点点回溯了许佳明之死的整个过程。小说从形式上看是两条线索并进，一条是"我"讲述所知道的许佳明之死的案情；另一条线索就是"我"与许佳明的交往。就实质而言，就是一条线索，"我"与许佳明的交往。

　　许佳明是一个另类的艺术家，不谙世故与体制规则的艺术家。他是画画的，生前也没有画出什么名堂来，不受协会领导待见，也不受画廊喜欢。他既不能在体制中安稳受益，也不能在书画拍卖中获利。蒋峰对许佳明的描述，完全符合我们对于艺术家的理想期待与文化想象。

　　在当下的文化语境中，对于一个艺术家而言，一般都会遭遇两个困境。一个是来自艺术本身的，另一个就是来自艺术体制的。前者诉诸的是精神境界，后者牵涉的是生存境遇。

　　许佳明是一个有艺术理想和艺术追求的画家。但是，正

29

如小说中所言的那样——"想当画家是一回事，可画出什么又是一回事"。在许佳明死前的大部分时间里，他一直未能画出好作品来，直到画出了《繁殖》，"我"才觉得许佳明画出了自己的风格与气象。当然，这仅是"我"的看法，这幅"我"认为的佳作，却只卖了一千块钱，被一个人买去装饰婚房了。自己的画卖不出去，又不为协会体制所喜欢，许佳明为了生计，只好到青州去画赝品。在青州两年，许佳明在画赝品的过程中，艺术感觉与天赋被激发出来了，鬼斧神工般画出不少佳作。"我"以为，许佳明的艺术黄金期到来了，可是突然许佳明就不再画了。

作为一个有追求的画家，许佳明当然不肯在这种"复制"与"超越"中耗费自己的艺术生命与艺术操守。这个时候，"沉默"与"不画"便成为一个艺术家的高尚情操。尽管"情操"这个词，现在已经被滥用到快成为一个贬义词了，我还想把它用在许佳明的身上，试图在一个在纯粹艺术追求与艰难生存间挣扎的艺术家身上重新焕发出它的高尚与荣耀。

三

艺术家之死，是艺术史上的老生常谈。在中国文学史上，不乏有"诗人之死"的事件，从屈原到海子。艺术家之死的原因多种多样，但归根结底恐怕还是精神与思想上的困

艺术家许佳明之死——蒋峰《和许佳明的六次星巴克》阅读札记

扰所致。这样一个老问题，时至今日，仍困扰着那些有追求的艺术家。

萨义德曾经在《知识分子论》中说，"流亡"是知识分子的一种理想状态。化用他的说法，我以为艺术家的理想状态应该是"漂泊"。这里未必是指生存状态的"漂泊"，而是指精神状态的"不羁"。一个艺术家只有精神是自由的、无所归属的，才可能创作出伟大的作品来。然而，对许佳明而言恰恰相反，他的生存状态是"漂泊"的，他反抗协会体制，不识协会领导的"抬举"，自然在协会体制内是"不吃香"的，沾不上协会体制的光。许佳明的清高与不屑，自然也是要付出代价的。

在小说中，蒋峰让许佳明死于一次争执后的报复。艺术家许佳明死于一次意外。其实这次意外仅仅是让许佳明的命没了，然而人终有一死，这次意外对于许佳明来说没有什么意义可言。生活中，这样的意外比比皆是。小说写这样的意外就该写出些意义来。我料想，许佳明死于意外或许是蒋峰的有意安排。这个意外让艺术家许佳明死得还有些尊严。如果许佳明不死于这次意外，而是继续坚持自己的艺术理想与创作，在现实中不断碰壁，生活潦倒，精神苦闷，经历了种种屈辱之后，再以一个典型的"诗人之死"来终结自己的生命，我以为，这样的结局是对一个纯粹艺术家的羞辱。当下，许多写知识分子的小说，写到最后都是知识分子妥协了或"堕落"了，几乎没有反抗世俗到底的。我想，蒋峰也没有勇气或信心把许佳明的反抗一直写下去，或许他也知道写到最后许佳明终归是要妥协的，索性让他死于意外。这样还可以给一个纯粹的艺术家或艺术留些颜面与尊严。许佳明的意外之死，道出了蒋峰的"软弱"，但我以为，这"软弱"也正是蒋峰的悲悯与情怀所在。艺术与艺术家在虚构的作品中，也只能以这样的意外之死免于世俗的羞辱，我们还能对一个现实中的作家有更多的苛责吗？

四

据说，这是蒋峰"许佳明"系列中篇的最后一部。最后这六部中篇结集成为长篇小说《白色流淌一片》。对于长篇小说的理解，我很认同莫言的一句话，他说长篇小说一定要长。我以为这"长"，不仅仅是指篇幅，还包括作家写作的"气力"，驾驭长篇小说叙事的能力，谋篇布局，等等。当然，长篇小说也不是如莫言说的那样一种写法，但我在这方面是一个古典主义者，坚信长篇小说首先要"长"。这种固执的想法，可能是很落伍的，不够新潮。但，我宁愿做一个保守的长篇小说阅读者。

从"头"谈起
——小说集《头顶一片天》读札

一

杨八住在西山运河里的东北角，越过火车道往山上走二百米，拐过一个垃圾点就到了。这里杂乱又肮脏，走入胡同，路的两侧是臭水沟，街道干部曾经多次组织清理，但成效甚微，除了冬天，其他三个季节都是臭气熏天令人窒息的。倒退一个世纪，这里曾经是法场，专门砍人头的地方，十几年前，人们盖房子的时候还挖出过白骨，白骨的头和身子是分家的，脖子上的那根骨头有明显的刀痕，人们都说，那肯定是个重犯。

这是小说集《头顶一片天》的开头。与时下流行的很多小说一样，小说的名字与小说的内容就如能指与所指一般任意、松散，尽管小说中李大国一再声言，姐姐就是他的

"天",使我们可以从中窥探小说名字和内容的一些关联。还是根据小说改编的电影来得直接,干脆就叫《捐赠者》。

虽然抱怨了小说的名字,但这段开场白有个词特别吸引我,就是"砍人头"。我一下子就想起来王德威教授的一篇名文《从"头"谈起——鲁迅、沈从文与砍头》,该文分析鲁迅与沈从文同样目睹砍头的情景,但在日后的文学呈现上却截然不同的前因后果。我在此,就是借用一下这个富有深意的题目,因为王可心并未说过,她目睹过"砍头",虽然她在几篇小说中反复提及的那个"西山"曾经是法场,是"砍人头"的地方。在《头顶一片天》中,出现了几个"头"字,我以为,可算是理解王可心部分小说创作的核心和关键之处。

二

西山是曾经的法场,砍人头的地方。我们一般理解,法场就是惩恶扬善、伸张正义的地方。杀的是十恶不赦之人,告慰的是受害受欺的人。但人世间的善与恶、罪与罚,果真如砍头那般干脆果断、清晰明了,刀起头落血债血还吗?我看未必。这人世间最大的悲苦就是这"未必",刀起头落也斩不断这俗世红尘中的魑魅魍魉与恩怨情仇。

杨八一家三口住在西山,这是"吉林市最穷的人住的地方"。杨八夫妇原来都是市一建的工人,后来都下岗了。这

从"头"谈起——小说集《头顶一片天》读札

是历史潮流,他们无法抗拒,但日子终究要过,两口子打起了零工,但这"朝不保夕,一家人的日子就过得紧紧巴巴。生活的拮据经常会让杨八想入非非,比方说买彩票中大奖,再比方说,走路的时候让有钱老板开车把他撞死,得一大笔赔偿金"。买彩票自然是入不敷出,也没有倒霉的老板撞上杨八。当杨八看到求肾的广告后,他毅然决然地决定卖掉身上的这块"肉"。生活不难到一定的份儿上,谁会这么做?

《乐园东区16栋303室》中的陆大壮和杨八相似。他家也住在西山,日子过得也艰难。都说"家家有本难念的经",对于陆大壮和杨八来说,虽然各自的"经"不一样,却是一样"难念"。陆大壮一家四口住在一个两居室内,父母一间,大壮和弟弟一间。男大当婚,但没有哪个姑娘愿意嫁到西山来;即便肯嫁过来,又住哪儿呢?难题有时是无解的,有时又是迎刃而解的。陆大壮一家的"难",就"恰逢其时"地解决了。陆大壮的领导开车撞了人,领导说大壮如果替他顶罪,他就分给大壮一套三居室。陆大壮答应得干脆利落,决绝的姿态丝毫不亚于杨八。

《春天里》的何梅英虽然不住在西山,但她的生活也不比住在西山的杨八、陆大壮好。何梅英结婚的当年就下岗了,后来找了个推销保险的工作;丈夫王大吉是4S店的油漆工。29岁那年被确诊为不孕症后,挨丈夫的打骂就成了何梅英的家常便饭。她无数次想过离婚,但离不起,因为无处栖身。何梅英长得不好,嫁得也不好,娘家也不待见她;离了婚,她就一无所有,起码现在还有个男人和她过日子。穷和

35

长得不好，就是何梅英的"西山"。

"西山"代表着穷，"西山"也代表着一种不可改变的力量。穷就是杨八、陆大壮、何梅英们的"西山"，也是这些男男女女可怜命运之源头。他们的命运是从这儿开始的，最后也是毁于此的。贫穷不仅限制了想象力，对于杨八、陆大壮、何梅英们来说，想象力恐怕是一个从来没有出现过的词语，因为这太遥远了也太奢侈了。贫穷于他们而言，就是一台复印机，原封不动、一成不变地复制着几代人的生活与命运。不知道是生活的惯性还是命运的强大，在这些无可改变的逻辑中，生活的航船还没有扬帆，就已经注定了结束航程的方式。

杨八们早已领教了生活之不可改变的强大力量，所以指望儿子"一定要考上大学，一定要出人头地，要做个用头脑挣钱的人，血的教训让杨八痛恨体力劳动，他想让儿子当白领坐办公室"。有了"西山"这个源头，杨八们的儿女们能够"出人头地"吗？能用头脑挣钱吗？

三

某日，杨八不知为何一头撞到电线杆子上，头晕眼花之余，看到了一则求肾的广告。买肾的人叫李大国，要给他姐姐换肾。两人顺利成交，手术也很成功。杨八正指望着十五万的巨款"改天换地"呢？可谁知，移植后的结果不理想。杨八有些内疚，一度想把钱退回去，可李大国不要钱，他想要杨八儿子的一个肾，一张支票甩给杨八，多少钱随他填。杨八一口回绝，如当初卖肾时一样坚决。

陆大壮用自己六年的自由换了一套三居室，一家人离开了西山，陆小壮也如愿结了婚。可陆大壮从监狱出来后，却没有了容身之所。说没有不准确，他也住进了三居室，但不"容"在弟媳只言片语、举手投足中，看得真切、详实。六口之家挤在小三室里，和在西山时候一样，各种"住不开"。唯一的差别是从平房搬到楼房，而生活中的"难"如磐石一般坚硬地矗立着。最后弟妹铃铛设计了大壮强奸她的"现场"，逼走了大壮。但大壮"干不了那个事""在里面的时候，全骨盆骨折，下边也坏了"。大壮的"远走高飞"，家里不"挤"了，这个家还能风平浪静吗？

王大吉的弟弟和弟妹旅行前在何梅英那儿买了保险，旅途中两人出了意外，留下了儿子大宝和一张保单。何梅英为了那张三十万的保单把大宝过继到了自己家。何梅英对大宝倒是视若己出，但保单的事情还是露馅了，三十万没了就剩下了大宝，王大吉自然又是对何梅英一顿暴打。何梅英这次铁了心要和相好的铁三私奔，人都到了机场却又回去了，理由是"怕大宝的丸子不够吃"。

杨八一头撞上了电线杆子，这"一头"就是生活中的偶然性，陆大壮的"顶罪"、何梅英的"保单"与之异曲同工。这"一头"似乎是要改变他们的生活轨迹，生活要"见亮"了，结果却是煮熟的鸭子飞了，生活还是那个"熊样",甚至比原来更糟。突来的偶然性,改变不了西山和生在、住在西山的人的必然性或宿命。对于西山的人来说,偶然性从来都是雪上加霜,而不是雪中送炭。在杨八、陆大壮和何梅英的身上,这种必然性的顽固、坚韧和不可改变,我们看得真切也看得痛心、绝望。

四

王可心的《头顶一片天》《乐园东区16栋303室》《春天里》几部中篇小说,从题材上来说,都是近年来流行的"底层文学"。西山就是"底层",杨八、陆大壮、何梅英就是地道的"底层人"。"底层文学"的流行大概也与对社会现实的回应有关。与有些"底层文学"的宏大叙事不同,王可心的这些"底层写作"写的都是贫贱夫妻百事哀之类的琐事。她不写与底层生活密切相关的历史抉择与历史转型的过程,她只写抉择与转型的结果。或许她认为,那些宏大叙事不是升斗小民可左右的,他们只能承受结果,这些"生命中不堪忍受之重",他们只能选择隐忍。面对李大国的威胁,杨八没有选择法律手段,而是杀死了李大国的姐姐。这样的结局其实是极具隐喻性的。在"资本"的横冲直撞之下,"底层"的正义和公道谁来伸张?

在王可心的小说中,她没有给"杨八"们或"西山"找到一个合理的出路,这些人的命运似乎应了黑格尔的那句老话，存在的就是合理的。我们可以把这样的结局理解为王可心的无奈、无力或绝望，但我们也可以把它看作文学的软弱与无能。在一个虚构的世界中，我们也没有勇气和力量给"杨八"们一个公道，哪怕是一个迟来的"正义"，也没有让他们看到生活的希望。但反过来说，王可心这么写也是一种无望的悲悯，她或许不想用虚构的温暖去麻醉冷峻、残酷的现实。

在"杨八"们的视野里，有的只是鲜活的生活，而没有改变现实生活的历史图景，或许在作家那里也没有这个历史图景。没有历史图景的文学，也只能如此这般地呈现生活，而这也正如马克思在《关于费尔巴哈的提纲》中说的那样"哲学家们只是用不同的方式解释世界，而问题在于改变世界"。

小言杂谈

"半开之美"与"越轨的笔致"
——金仁顺论

一

提及金仁顺,我们想到的或许就是"70后"女作家这样的文学史标签。"70后"是标记代际属性,女作家凸显的是性别意识。但是随着"80后""90后"作家的涌现,"70后"集体出场时的代际轰动效应已然弱化了许多,或许当初这个标签也只是一群作家在文学批评或文学史中的出场方式而已,并不能真正表征那些作家的总体性特征。而由性别带来的身份意识,在随后的写作中也是不绝于缕,并非哪位女作家所独有。在今天看来,这两个文学史标签已经成为一对空洞的能指与滑动的符号,显然无法准确地概括金仁顺创作的独特之处和她的文学成就。

金仁顺写过一篇随笔《半开之美》。文章讲有个男人娶了一位美妻,两人每晚都到夜总会或酒吧坐坐,但从来都是分开而坐。丈夫从旁观看各色男人与妻子搭讪、调情。在金仁顺看来，这位丈夫是个聪明人。聪明之处有二，一个是他知道"满园春色"是关不住的；另一个他对外宣称女子是他的未婚妻，"未婚，又妻，既亲近又隔着一层窗户纸。空间却就此产生了，还是一个弹性的空间"。这个弹性的空间持续了很多年，女人一直有令人瞩目的风韵，男人的风度更是耐人寻味。在金仁顺看来，这层"窗户纸"抑或"弹性的空间"就是"半开"的花朵，千回百转，实在动人。"绽放的花朵，美则美矣，但一览无余，终归少了些回味。微绽初放时，含着种种低回婉转，蕴藏着种种可能性，任是无情也动人。"

这种"半开之美"除了婉转、含蓄、低回之外，还代表着某种不彻底性。这种不彻底性亦如金仁顺在随笔《暧昧》中谈男女情事的"暧昧"一般，"有关系必然有暧昧。一道残阳铺水中还半江瑟瑟半江红，没有残阳铺水中，也还有春来江水绿如蓝呢。暧昧关系，本来就有宽阔的空间，所有的暧昧关系都是灰色地带"。这种"暧昧"不仅仅是在感情上，在人生的其他方面也是如此，许多"神来之笔"都来自这"暧昧"带来的"宽阔空间"。这也很像张爱玲说的"参差对照""不喜欢采取善与恶，灵与肉的斩钉截铁的冲突那种古典的写法""极端的病态与极端觉悟的人究竟不多。时代是这么沉重，不容易那么容易就大彻大悟。这些年来，人类到底也这么存活了下来，可见疯狂是疯狂，还是有分寸"。①在我看来，这种"半开之美"是金仁顺创作的美学风格或总体性的特征。当然，这种"半开之美"并不一定是金仁顺所独有的，它承继着某种现代文学以来的文学传统，可能是某一些作家的"家族性相似"，但它却也实实在在出现于金仁顺的创作之中。

二

金仁顺是朝鲜族。少数民族身份是她与生俱来的一个标识。几乎每位少数民族作家都会在自己的创作中书写本民族的风物、记忆与历史。金仁顺自然也不例外。尽管金仁顺并不是以少数民族作家的身份在文坛上亮相的，但她的少数民族身份越来越被大家关注，在她自身的创作中也渐有这种少数民族身份的自觉，"是的，最近这几年越来越被强化。我个人觉得我确实也有这个责任和义务。我毕竟是有民族身份的，大家都来介绍中国文学，那我来介绍中国的少数民族文学，我觉得很好"。②《高丽往事》《春香》《僧舞》等就是金仁顺对自己少数民族身份自觉创作的代表性作品。除此之外，我们在金仁顺的其他作品中也会常见到她提及故乡

---

① 张爱玲：《关于〈倾城之恋〉的老实话》，《倾城之恋》，十月文艺出版社，2006，第463页。
② 金仁顺、邓如冰：《"高丽往事"是我灵魂的故乡——金仁顺访谈》，《西湖》2013年第5期。

"半开之美"与"越轨的笔致"——金仁顺论

的往事与民族记忆。朝鲜族身份对金仁顺的文学创作无疑有着非常重要的意义,这是她"灵魂的故乡"。这个"灵魂的故乡"不仅是金仁顺文学世界的重要根基,同时,我们从中还可以看到金仁顺的"半开之美",她文字中最柔软的那部分。"我一写朝鲜族题材,整个调子一下子就舒缓起来,仿佛画面一样徐徐展开……可见民族身份对我多重要,是我内心多么柔软的一部分。当我写朝鲜族题材的时候,我就觉得你们不了解我们,我有必要写一些闲笔。写一点衣食住行,写一点闲情逸致,让你们了解我们这个民族的一些特质的东西,这样一来,节奏就完全不一样了。"①

无论是文化身份的认同,还是民族身份的认同,除了与生俱来的基因属性之外,作家往往都是以回溯民族历史的方式,来寻找、重构自己的民族记忆,并以此来确认自我的民族身份认同与自觉。只有经过了这样一个"自我指认"的过程,民族身份与民族记忆才能在一个人的身上被激活,成为一种"活"的、生气勃勃的标识。金仁顺在《高丽和我》中说过,"高丽"这两个字曾经让她十分痛恨,斗转星移,曾经被痛恨的"高丽"已然成为"山高水丽。如此浩阔,如此明媚"的两个字,"如同言情电影里男女主人公从看不顺眼到爱得不能自拔一样,我在长大成人之后,忽然爱上了这个民族的很多东西。我不知道这个过程是怎么完成的,忽然之间,我体味出原本被我厌弃的东西中间,埋藏着别致的美

---

① 金仁顺、邓如冰:《"高丽往事"是我灵魂的故乡——金仁顺访谈》,《西湖》2013年第5期。

丽。这种美丽因为意料之外，惊心动魄。少年时担心被独自抛弃的恐惧在我成年后变成了惊喜，我发现我拥有一个藏满宝藏的山洞，而开洞的咒语，只有我知道"。①

长篇小说《春香》就可看作金仁顺对自我民族身份的一次自我确认。《春香》取材于朝鲜族民间故事《春香传》，尽管金仁顺对这古老的民间故事进行了新编，甚至可以说《春香》和《春香传》是没有关系的，金仁顺是以一种现代的眼光重新演绎了封建时代朝鲜半岛上的女性对自身命运的选择，当然春香的选择不是古典的，而是现代的。金仁顺一方面在这种对民族历史的书写中进行自我身份的确认，另一方面她也不甘于只是回到民族故事的历史现场，而是从民族秘史的叙述中跳脱出来，以现代的个人主义和女性意识去审视民族历史中女性的命运。金仁顺的这种书写方式一方面是确认了自己的民族身份，另一方面这种现代性元素的介入，显然也是她对自我民族身份的一种超越。

金仁顺在一篇访谈中曾经说过："少数民族题材，很容易写得狭窄，格局小，我很担心这个，所以，我觉得真正有前途的写作，还是应该更多地关心普遍性，跟当下社会的关系应该保持亲近、紧密。"在我看来《僧舞》就是将民族题材与普遍性和当下社会的关系融合得极好的一篇作品。《僧舞》集中体现了金仁顺创作中的民族性和超越性。

《僧舞》是朝鲜族的一个民间故事，小说《僧舞》就源

---

① 金仁顺：《高丽和我》，《广西文学》2019年第1期。

自这个民间故事。正常来说，明月（一个在浮世红尘中舞动的歌舞伎）与知足禅师（一个在清幽林间苦修的高僧）本没有任何交集的两类人，但这两段没有交集的人生轨迹，却因为歌舞伎明月的灵魂追求与玄思冥想，产生了交集。

明月见了知足禅师直截了当地问："请问大师，我该如何看待自己的肉身？"

知足禅师道："人身难得，理当自重。"

明月并未满足大师的解惑。人生的烦恼并不在"肉身"，而在于"肉身"之外还有"灵魂"，两者遵行的是不同原则，难以并行不悖。所以明月才接着发问："虽然自重，但有时，灵魂似乎能自行从肉身中飞出，蝴蝶般落在旁侧，观看肉身的喜怒爱恨，凡此种种。"

大师道："凡此种种，皆是空相，修行，能明心见性。明心见性，就不会为诸相苦恼了。"

明月痴念于肉体纵情的快乐，被男子迷恋的喜悦。而知足禅师觉得，这一切行色快乐，都是过眼云烟稍纵即逝。人生苦短，悲苦无限，不可在这肉身的迷途中耗尽生命。正是看透了红尘的迷途与短暂，知足禅师才来到这清幽之地苦修，物我两忘，尤其是忘记那"沉重的肉身"，以期获得人生的"澄明之境"，精神的安宁。而明月却耽溺于这肉身带来的快乐，这快乐是青春的馈赠，人生苦短，韶华易逝，更不该辜负这稍纵的青春。与其说明月是来找知足禅师解惑的，不如说她是来与知足禅师辩难的。用现在流行的话说，两位的三观严重不一致，以知足禅师的"悲苦""人身自重"怎能理解明月的"流光溢彩"与"肉身之乐"。

明月不仅美貌,还有舞蹈天赋,也有俗世间女子的痴念与凌厉。她的辩难紧逼知足禅师的答问,一度将知足禅师逼迫到了"解释学"的困境之中。困境之下,语言的辩难已经苍白无力,在语言两端的明月与知足禅师,均各执一词,难以说服彼此,犹如武林高手间"推手"一般,推来挡去,不见胜负。言辞的困境,终于被明月的舞姿打破了。明月为知足禅师跳了一支舞。舞动起来的明月,摇曳生姿,"在灯影中,她的手臂枝条般伸展、生长着,宛如春天新叶初萌,万物生发;她的腿,却是属于夏季森林和草地的,修长、优美,随时要跃动、腾飞,踢踏起野花的芬芳;她的僧衣果皮般从身体剥落……"舞动中的明月仍不忘辩难知足禅师,"肉身,难道不应该被亲近、被享受、被追忆吗?"最终,明月倒在了知足禅师的怀中呢喃道:"人身难得,理应自爱。"

小说《僧舞》的素材虽然来源于朝鲜族的民间故事,但我想金仁顺写这篇小说的目的,不是要给我们讲述一个与自己民族有关的传说,她应该有更大的报复或文学野心。我以为《僧舞》的价值,除了其作为"民俗志"的价值之外,更在于超越了少数民族故事的限制,直面我们当下每一个人的一个大问题或是一个永恒的问题,即我们每个人在这浮世红尘中如何安放"肉身"的问题。"沉重的肉身"是与生俱来的,是无法回避的。知足禅师的一句话讲得很好"人身难得,理当自重"。人生的苦与乐或许都来自这"沉重的肉身"。生命中不堪忍受之重与生命中不能承受之轻是生命状态的两端。人生的悲苦大概属于生命中不堪忍受之重,当然由此而产生的精神力量也是有"重"量、有质感的;贪恋于肉身的快感以及由此带来的精神荒芜与无质感,大体上属于生命中不能承受之轻。明月的痛苦来自后者,她要留住肉身的轻盈与美丽,享受俗世的繁华喧闹;知足禅师的悲苦来自前者,他要摆脱这肉身的庸常与烦难,逃离万丈红尘的过眼云烟。痛苦既来自肉身,也来自对肉身的思索。正如米兰·昆德拉有言:人类一思考,上帝就发笑。但是,正如肉身是与生俱来的一样,思想亦是人类的本性。因此,无论是肉身的悲苦,还是思想的烦恼,都是我们无法回避的。既然无法回避,或许就该顺着"本性"而为,肉身的悲苦与快乐、思索的烦恼与愉悦都该欣然领受。无法寻求绝对的"享乐"与"超脱",那就在生命中不堪忍受之重与生命中不能承受之轻间,找到适合自己的钟摆,在摇荡的生命韵律中,达到生命的中正平和,快乐安宁。

《桔梗谣》,仅从字面上看就知道这肯定是一部与朝鲜族有关的小说,事实上也的确如此。金仁顺将一个有情人未能终成眷属的世界性文学悲剧写到了她所熟悉的朝鲜族的生活中。一个男人忠赫听从母命,与自己不爱的女人春吉成家生子。婚后不仅对自己的意中人秀茶念兹在兹,而且两人的情种还开花结果了。这意外的"收获"(万宇)自然给秀茶带来了不少痛苦,"她男人老打她,孩子被打流产过,还有一次打折了肋骨"。小说的高潮是忠赫带着春吉和两个孩子去参加万宇的婚礼。本是情敌的春吉与秀茶,见面后却抱头痛哭,似乎要一哭泯恩仇;忠赫却"紧盯着大屏幕上的照片,这孩子小时候非常瘦弱,有些惊恐地瞪着镜头;五六岁以后,他好像不那么怕照相了,其中有一张照片活脱脱就是忠赫小时候的模样",忠赫犹如在镜中与自己的童年重逢,这份岁月沉淀带来的"惊喜":

忠赫去了一趟厕所,万宇在洗手,他们的目光在镜子里相遇,忠赫冲他点点头,走进厕所,解裤带时,他的手抖得很厉害,花了平时两倍的时间。他摸到了裤带里面的信封,除了春吉带着的三千块礼金,他把自己的两万块私房钱全提了出来,他知道万宇不缺钱,但他不知道,除了钱,他还能怎么表达自己的感情。

这重逢的一幕,尽管很尴尬,但对忠赫来说却很温暖。一个父亲第一次"正面""自己"的儿子,却是在儿子的婚礼现场,这里既有愧疚又有喜悦,既有悲苦也有欣慰,这也是金仁顺写作中的另一副面孔,她一写朝鲜族题材笔调就不那么冰冷坚硬,总是有一层温情脉脉的面纱。

在这些朝鲜族题材小说中,金仁顺自然也会写到朝鲜族的一些风俗人情:

秀茶结婚时,忠赫天不亮就起来,跟另外几个小伙子一起在院子里打打糕,刚蒸熟的糯米粒晶莹剔透,像颗颗泪

珠,他们用的木锤三斤半重,要几万锤才能把这些泪珠打成死心的一团。(《桔梗谣》)

黄励也是刀子嘴豆腐心。他们出发那天,她起早煮软软的白粥装进保温饭盒里面。饭盒上面的夹层里准备了苏启智以前爱吃的泡菜。怕他胃不行,用刀剁成了末,又另外拿了一个饭盒装了十几个茶蛋。(《仿佛依稀》)

朝鲜族一般在重要的日子里都会做打糕。秀茶结婚是大喜的日子,自然要有打糕这种带有强烈仪式感的食物;同时,这也是忠赫和秀茶的悲情之日,相思之泪在一次次锤打中变成了实实在在的悲苦。如果说打糕是仪式性的,那么泡菜则是日常性的。制作泡菜是每一位朝鲜族女性的必修课,"每年秋天的泡菜季,白菜摞成山,一遍遍地清洗,盐渍去水分,再清洗,腌菜的缸可以装下三个成年人,大蒜要成盆成盆地扒,还要捣成蒜泥;鲜红的干辣椒成堆地被石磨研细,还有生姜、苹果、白梨、盐、味精、白糖,一盆盆的调料最后融合在一起,艳丽夺目,像秘密或者诺言似的,层层抹入白菜菜帮之内,最后收拢封好,等待发酵"。[1]朝鲜族日常必吃的泡菜,在金仁顺笔下不仅是一道朝鲜族的风物,而且变成了一个温馨的记忆。苏启智是大学教授,黄励是他的前妻。黄励之所以成为前妻,是因为苏启智的师生恋把学生变成了师母。黄励一个人带大了新容,她对苏启智恨之入

---

[1] 金仁顺:《高丽和我》,《广西文学》2019年第1期。

小言杂谈

骨，各种咒骂都用上了。但当得知苏启智胃癌晚期后，她还是给前夫带上了爱吃的泡菜。"苏启智看到粥和泡菜，表情一顿。"这一顿，让苏启智诸多往事涌上心头啊！人生的晚景在回忆往事中也被拉长了一些。

三

鲁迅在给萧红的《生死场》所作的序言中，赞扬萧红作品中有"女性作者的细致的观察和越轨的笔致，又增加了不少明丽和新鲜"。[1]金仁顺的一些小说就颇有这种所谓"越轨的笔致"，这种别样的笔致让小说充满了一种独特的质感和张力。小说《松树镇》讲的是"我"和几个朋友要拍一部关于矿区中学生的电影，影片涉及中学生早恋、怀孕，还有绑架、坠井等方面的内容。我们几个人到松树镇看矿井、去学校选演员。松树镇有"我"的老朋友，一切事情都很顺利，任务完成我们准备打道回府，"我们去车站的时候，张今芳和孙甜不知道从哪儿听来的消息，跑来送我们。'你们一定会回来吧？'她们问了一遍又一遍，火车开起来时，张今芳一边跟着火车跑，一边还在问。'一定！'我们跟张今芳挥手，跟孙甜挥手，跟赵红旗、张景乾、小莫挥手，跟松树镇挥手。我们确实以为我们会回来，在一个月后"。结果因为

---

[1] 鲁迅：《且介亭杂文二集·萧红作<生死场>序》，《鲁迅全集》，人民文学出版社，1981，第422页。

投资方的艺术热情消退,我们的电影没有拍成,我们再也没有回到松树镇。电影毕竟不是几个文艺青年靠热情就能拍成的,投资方的艺术热情飘忽不定,这都在情理之中。如果小说就这样结束了,倒也算是中规中矩的套路,可金仁顺并没有就此打住,加上了一个与小说前面内容非常"不相干"的结尾,"我"在铁北监狱里见到了孙甜。毕业后孙甜应聘到电视台工作,为了有个编制,孙甜和台长有了暧昧的关系,结果被男朋友发现。男朋友要把事情捅出去,孙甜就开车撞死了他。孙甜见到"我"也没有多少意外:

"我们一直等你们来!"孙甜说。
"——对不起。"
"谁都知道我们要拍电影了,谁都问我们,在电影里面要演什么。"孙甜看着我,"我们不知道电影里要演什么。你现在告诉我,那个电影讲的是什么故事?"
我把剧本的内容告诉了孙甜:"是矿里的几个初中生,白云飞扮演的男生跟你还有张今芳扮演的女生是同学,白云飞喜欢你,但你却跟体育老师好上了,还怀孕了,他为了帮你,去找张今芳借钱。在电影里,张今芳的爸爸是小煤窑主,很有钱。张今芳不肯借钱给白云飞,说话还很刻薄,把白云飞给惹火了,他就绑架了张今芳,跟她爸爸要钱,张今芳逃跑时,掉到一口废弃的矿井里。白云飞勒索张今芳的爸爸,被警察抓住了,他到底也没能帮上你——你演的那个女生。"

孙甜对剧本大失所望。但现实中孙甜的人生与剧本中的白云飞何其相似。剧本与现实构成了某种"互文"关系。现实中的人生命运，早已在剧本中被摹写了。我们也很难分清到底是剧本中的情节残忍，还是现实中的命运悲惨。只有这越轨的笔触才能写出这戏如人生与人生如戏的精彩"互文"。

在金仁顺的小说中，《芬芳》也算是比较特别的一篇。金仁顺的小说一般都是与社会上的一些事件、现象没有太大的关联，即便是在她的文字中出现一些，也都是浮光掠影，一带而过罢了。但是《芬芳》不同，是以20世纪90年代流行的传销为核心来叙述的。我家里的一个亲戚也曾卖过"仙妮蕾德"，我记得读初中的时候，她来我家向我妈推销"仙妮蕾德"的柠檬茶。她那坚定笃信的语气和神态与小说中的芬芳一模一样。芬芳从"雅芳"开始，一路干到"仙妮蕾德""丝昂"。芬芳的事业越做"越大"，但也未见她飞黄腾达。20世纪90年代传销的影响很大，也改变了很多人的命运，多数人的结局是被套牢了，不仅没有发财，反而血本无归。芬芳的命运自然不在此列，要不这小说也没什么特别之处了。金仁顺没有让芬芳套牢在传销的窘境中，而是让一次意外之祸结束了芬芳鲜活的生命，芬芳"蓬勃发展"的事业也随着一起烟消云散。——芬芳酒后从三米高的地方坠下，当时便失去了知觉，送到医院抢救，一度出现奇迹，最后还是走了——这恐怕就是小说和新闻的区别，或者说是一部优秀的小说与一部庸常的小说的不同。这也是金仁顺小说的"越轨"之处，这种"越轨的笔致"常常让小说呈现"跨越式发展"。因为是"跨越式"的，自然也就是惊人的，出乎意料的。

四

金仁顺早期的小说如《名叫马和》《听音辨位》《一篇来稿和四封信》等都是极具先锋性的作品，这可能是"70后"作家出场时的普遍姿态；除此之外，金仁顺还写了不少都市情感题材的小说，这些小说写得也都精致细腻，直面当代人的情感困境，但也不算金仁顺的独特之处。本文就不做详细讨论了。

金仁顺生活的城市是长春或广而言之生活在东北。但我们在金仁顺的文字中会发现，她与长春或东北有着明显的距离感。这种距离感与上文所言的"半开之美"有异曲同工之妙，它们一起构成了金仁顺的文学"炼金术"。虽然在金仁顺的创作中也会时常出现长春或朝鲜族的一些风物，如重庆路、医大二院、日式建筑等，但她的创作并不依赖这个地域性资源。这是她与许多出身东北或身在东北的作家不同的。比如近年来的一些东北青年作家，我们在他们笔下会看到浓重的地域印迹。这种清晰的"地方性知识"固然是这几位青年作家创作的特色，但对优秀的作家来说，"地域性"不应

53

该至少不是全部题材性内容,而是一种观看世界的方式。金仁顺在这方面的分寸拿捏得特别好,它让金仁顺显得与众不同。

"我们回不到那条河流了"
——《离散者聚会》读札

"离散"是一个宏阔的话题，这里面包罗众多，民族、国家、历史、个人、记忆、当下，等等，这些都是"离散"的题中之义。通常我们读到关于"离散"话题的小说，多是关涉历史变动带来的"独在异乡为异客"。《离散者聚会》则与此不同，金仁顺在小说里讲述的那些背井离乡的作家诗人们，他们与故土的分离都与历史变动无关，但各自的"流动"又都事出有因，虽不至于感天动地，但其中也可见各自的伤痛记忆。

一

我们偶尔会在新闻里见到朝韩离散家属见面的场景，女性穿着传统的朝鲜族服装，男性则是西装革履，大家坐在餐桌边叙旧，离别时失声痛哭，悲天跄地。因为相聚的离散者都年龄较大，这一分别大体就是永别了。但《离散者聚会》中的场景完全与我们在新闻中见到的不同，这与他们各自经历有关。作者金仁顺是朝鲜族，她也被邀请参加了这次聚会。会议的主题是"和平与沟通的平台"。

《离散者聚会》中的作家诗人们，有的是出生在韩国，有的则不是出生在韩国，他们与故土韩国的"距离"不等，因此，此次来韩国"叙旧"的思绪也彼此不同。

据金仁顺说，朝鲜半岛的人很早就开始移居俄罗斯了，他们在俄罗斯慢慢聚集成村落，被称为"高丽人"。在《离散者聚会》中，就提及了一个俄罗斯作家。这位作家的祖父辈开始移民俄罗斯，他出生在俄罗斯。他不会韩语，与故土无实质的关联，但血缘与乡愁又是一个奇怪的东西，它们彼此相连，互相缠绕。各种因缘际会，让我们在遥远的异地，对那个被称为故土的地方产生强烈的念想，或者被其不断地感召着。这位俄罗斯作家的女儿很小的时候就开始学韩语，后在韩国留学、工作，嫁给了韩国人，而作家和妻子也在几年前在韩国买了房子，"每年回来住几个月。他这么做，不是有什么落叶归根的情怀，他喜欢开放的生活，哪种生活让他感到自由和舒服，他就选择哪种"。这位作家似乎对韩国没有什么乡愁，但有的时候，乡愁会以某种偶然或神奇的方式延续着，正是因为女儿与韩国的"联系"，让这位作家也与乡愁建立起了某种联系，尽管它很微弱。尽管是微弱的乡愁，但其中亦有深情，要不有"开放的生活"的地方多得

"我们回不到那条河流了"——《离散者聚会》读札

是，这位作家为何就选择韩国呢？

来自丹麦的女诗人和来自瑞典的阿斯特丽德，都出生在韩国，她们都是弃婴，后来分别被丹麦和瑞典的家庭收养。韩国是她们被遗弃的地方，是伤心之地，是痛苦的起点，她们是如何平复这些过早到来的伤痛，我们不得而知。阿斯特丽德是因为写作，"才开始阅读韩国的文学作品，看几部韩国电影，听听韩国流行音乐"。因为写作，她才开始了解韩国，而且了解也是有限的。如果不是因为写作，两位女作家也不会参加这次会议，我们也不会了解她们的身世经历以及所谓的乡愁。然而，所谓的乡愁就是这段不幸的往事，还需要重新回忆吗？金仁顺对此也有诘问："她必须了解韩国吗？血缘必须寻根？她的童年少年时代该有多么纠结啊。有些事情确实是没法儿轻易翻篇儿的，树欲静，风都不止。……她其实已经走得很远了，北欧瑞典，丈夫是瑞典人，儿子是混血；但还是走回来了，回到她生命开始的地方，回到她被弃养的地方，开始了解和学习关于韩国的一切。"

"乡愁"与"故土"对于离散的个人而言，就是"树欲静而风不止"，是生命的内在召唤，回到生命开始的地方，回忆美好的童年或者直面曾经的创伤记忆都是自我记忆的重找与确认。

二

　　味蕾是真切而实在的记忆。对于故土的记忆，很大一部分就是对故土味道的记忆。故乡的味道也是《离散者聚会》的一条主线。汤饭馆里的石锅汤饭，弘大附近小店里的炸鸡胗，地铁站附近的米肠店里精工细料的米肠，"肠衣里面装的是猪血、绿豆芽、粉丝、芹菜丁，煮熟后切段，放进牛杂汤里炖，上面铺着切碎的紫苏叶，叶子上面再撒上一把炒熟的苏子，香得能让人一个激灵"。故乡的味道，并不一定就是珍馐美馔，哪怕是朴素的一餐，食物刺激味蕾，身体里的消化酶慢慢启动，消化的过程便是唤醒记忆的过程，故乡的人与事也会逐渐浮现出来。正如静观师太做的素斋，化简单为神奇，"做菜是一种修行"，顺其自然，顺心而为，物我一体，自然就会出手不凡。写作同样是一种修行，重回故土，在对故土的认知与书写中修行，不断完善丰富自我。

　　金仁顺穿梭在首尔的大街小巷寻找那些熟悉的味道，这里有汤饭馆、酒馆、素斋店，有市井里的人间烟火，亦有超凡脱俗的清幽禅趣。看到这些我总会想到日剧《深夜食堂》，无论它们之间有着怎样的差异，我们都会在食物与味蕾的背后看到人生的苦辣酸甜。食物可以拉近陌生人之间的距离，看似相隔遥远的彼此，通过食物的纽带，七拐八拐就联系在一起了。这就是自然的神奇与馈赠，自然总会用它的方式来校正人类社会的某些偏向。

　　味道是身体记忆，身体的记忆是最坚实、最稳固的，无

"我们回不到那条河流了"——《离散者聚会》读札

论身在何处，只要与曾经熟悉的味道"相遇"，瞬间就会识别那是故乡的味道，这就是"舌尖上的乡愁"，"每个人都有几样饮食，会通过舌尖深入灵魂，跟亲情、离绪、乡愁联系在一起"。

三

与很多作家写乡愁时的浓墨重彩不同，金仁顺在《离散者聚会》中言及乡愁的时候，表现得很冷静，也很理性。这份难得的距离感，可能更切近我们这一代人或更年轻的一代人的感受。出生在城市里的我，始终是没有乡愁的。曾经的故乡，放眼望去，都是同质化的建筑、街道和生活，童年时是低矮的平房，纵横的胡同，在那里没有乡愁，留存至今的都是无拘无束的童年。乡愁自然要与乡土有关，没有乡土何谈乡愁。乡土里有人，亦有自然；有血脉，亦有万物。人间烟火与天地灵气，构成了乡愁。我们现在不缺人间烟火，但缺少与天地灵气的"沟通"，天地万物向我们"敞开"着，我们也需要走进这些敞开着的大门的能力。正如金仁顺所言："血之源头，是生命的起源，但并非每个人的家园，哪怕冠以'心灵'或者'精神'字样，也不可能。命运就是命运，不争论，不废话，命来如山倒，剥茧抽丝以及其他种种，那是每个人自己的事情。"

聚散离合是命运。命运的事情，我们身不由己。但在人

59

小言杂谈

的身体里，总会有一种不甘心的冲动，想和命运抗争，或许写作与阅读是一种理想的方式。如果没有写作，就不会有这些来自世界各地的作家诗人相聚韩国，就不会有这场"离散者聚会"。

现实题材是把双刃剑

我不大想用现实主义这个概念来概括《极花》，我觉得用"现实题材"来分析《极花》可能更准确。在贾平凹的创作中，有很大一分部分是属于现实题材或者社会热点问题的。这是贾平凹创作中的一个持久倾向。此前的《带灯》，这次的《极花》写的均是社会热点。一个与上访有关，一个是以被拐卖妇女为主线。对现实与社会热点的关注，体现了一个作家的现实关怀，也是一个知识分子应该持有的道德与伦理姿态。但与此同时，是否意味着像有些人批评贾平凹时说的那样一定要"接触小说原型"，我想未必如此的。小说原型对作家而言，只是创作的原初动力，整个的创作过程还是要靠作家自身的运思。文学本质上是虚构。作家营造一个适合人物发展的情境，符合人物发展逻辑的推动情节，是最主要的。至于在这些情境和情节中有多少是真实的，有多少是虚构的，其实不是特别重要的问题。现实题材的文学作品本身固然会有一种教化功能，但我们也不可据此就期待一部小说去影响多少人，去改变多少现实。诚如鲁迅所言，文学有的时候是很无力的。更何况在文学已经被边缘化的今天，就不必期许更多了。"穷则独善其身"就好。

写现实题材的小说，对作家而言，我以为是一把双刃剑。

现实题材与社会热点，可以体现作家的良知与道德情怀，同时也符合大众对作家或知识分子的"代言人"身份与伦理意识的想象；现实题材的小说受到的关注度高，容易产生社会影响力，与更多的读者产生共鸣；最后，有了关注度，自然就有了销量，作家的收益也会随之增加。这是一个名利双收的事儿。在文学已经边缘化的今天，纯文学创作已经很难引起较大的社会关注了。因此，很多作家在近年来纷纷将创作的笔触从历史转向了现实。

现实题材的影响大也容易招来非议或争论，《极花》就遭受了这样的命运。贾平凹在新书发布会上的讲话被记者"断章取义"（贾平凹语）发表后，许多人据此批评贾平凹为拐卖妇女辩护；还因贾平凹说："如果这个村子永远不买媳妇，这个村子就消亡了"，批评贾平凹"对乡村的眷恋和固执情怀是一种'自相矛盾的荒诞行为'"。

一者是因为在一个消费和娱乐至上的语境中，作家（或名人）在公众视野内的言说是极容易被断章取义的。这就是作家在领受关注度与影响力的同时必须要承受的事情；二者，许多人对《极花》的这两点批评均缺少文本依据，同时也未批评到关键处。如果我们完整地读完了《极花》，就应该知道贾平凹对拐卖妇女的态度了，"这件事像刀子一样刻在我的心里，每每一想起来，就觉得那刀子还在往深处刻。我始终不知道我那个老乡的女儿回去的村子是个什么地方。十年了，她又是怎么个活着？"同时，许多读者尤其是女性主义者不满意最后蝴蝶又回到了黑亮家，他们觉得蝴蝶应该反抗，既然逃离了就该去寻找新生活。我们这样批评《极花》，是因为我们要求作家按照一个理想状态去塑造人物。但我们应该知道，小说中的人物命运发展和社会现实中的人物命运发展是有着不同的逻辑的。小说中的人物只能按照小说本身的逻辑去发展，去呈现，有的时候作者也无法控制，正如贾平凹在《极花》后记中说的那样："原定的《极花》是蝴蝶只要控诉，却怎么写着写着，肚子里的孩子一天复一天……蝴蝶一天复一天地受苦，也就成了又一个麻子婶，成了又一个訾米姐。"我们应该对小说中的人物或者作家为何这样塑造人物有"理解之同情"。我们面对世俗生活会有各种各样的无奈、妥协、顺从，同样作家也是这个世俗中人，他同样会妥协，会退让，小说中的人物也是如此。只是我们彼此妥协、退让的内容和方式不一样罢了。因为"爬行"久了，我们慢慢地就丧失了"直立行走"的能力，更遑论飞翔了。面对蝴蝶的选择，如果我们能反身自省，或许就不会太苛求贾平凹创作出一个激烈反抗的"烈女"蝴蝶了。

批评贾平凹在《极花》中表现出了"乡村的眷恋和固执情怀"也未必有多少道理。我们知道一个优秀的作家，往往会有自己的文学世界,如"未庄"之于鲁迅、"湘西"之于沈从文、"呼兰河"之于萧红,这些乡土世界都是这些优秀作家的文学世界,他们看待世界与人生的基本姿态皆出于此。而"商州"或陕北的"乡土世界"于贾平凹而言也是如此。再者,我们很喜欢用历史或社会的进步性去判断一个作品的好坏成败。固然,展现时代精神、与时俱进的作品可敬,但同时那些与时代错位,甚至是落后于时代的作品,同样有许多伟大的经典。文学的视角应该是婉转曲折的,不该是直线进化的。直线进化固然态度坚决,干脆明了,但往往忽略了事情的复杂情态;婉转曲折则可展现事情的百态千姿,复杂多面,正如贾平凹所言的"对于当下农村,我确实怀着两难的心情,这不是歌颂与批判、积极与保守的问题。我就是在这两难之间写出一种社会的痛和人性的复杂"。

还有许多人诟病贾平凹这一代作家,往往有将苦难"诗意化"的倾向。在贾平凹这一代作者家中,很多作家的重要作品都是写乡土的,因为在我们的文学传统中有着强大的乡土文学基因。我不能够完全认同这些作家将苦难"诗意化"了的论断。一方面是这些作家基本都有着乡土生活的经历,他们熟悉那里的山山水水、花花草草,在他们的笔下难免会呈现一幅诗情画意的场景;另一方面,因为对乡土中国盎然生趣的由衷欢喜与赞美,难免会在他们的叙述中出现过度抒情之处,但也不能说是将苦难"诗意化"了;再者,面对乡土文明的溃败,贾平凹这一代作家在他们的创作中表现出的对乡土中国的眷恋与怜惜,也无非是在为乡土文明唱了一曲挽歌。在昂首前行的历史进程面前，他们能做的也只是在作品中尽可能保有他们那一代作家的乡土记忆和审美趣味。除此之外，面对历史的车轮，他们还能做些什么？

在我看来，《极花》也不是完美之作。我不大喜欢这种写社会热点的小说。作家面对当下的热点，很难对其进行"间距式"的审视，同时也容易顺从多数人的想法，难有独创的见解。一部好的作品，既需要时间的沉淀，同时也需要与"众数"的博弈。从小说的叙述来看，《极花》的叙述太过拖沓了，一个中篇就可以写完的故事却写成了个小长篇。同时小说的语言、故事显得有些粗糙，欠缺耐心打磨。整体上，小说还不够"气血充盈"，没有酣畅淋漓之感，这或许与贾平凹近年来的持续高产有关吧。

小言杂谈

海风山骨
——读《贾平凹文学对话录》

一

　　大家多说贾平凹是一个不善言谈的人，或许是因为他早已把千言万语都写在作品中了。在贾平凹的诸多创作中，有些是清楚明白、晓畅直接的，有些则是曲径通幽、别有洞天的。这些别有幽怀之作，往往倾注了作家的心智与探索。这其中的甘苦也往往不足为外人道，或者外人也常常会对其"不见"，这种"不见"或许就会成为我们阅读作品的障碍，我们需要一把密钥来打开通往作家精神世界之门。这时，作家的"现身说法"，就是这样一把密钥。作家的夫子自道告诉我们作品中的隐秘以及自己试图表达的探索，设置的伏笔。

　　《贾平凹文学对话录》收录了贾平凹与韩鲁华的八篇对话，时间跨度14年，从1992年到2016年，对话内容涉及了贾平凹的主要创作，尤其是他的长篇小说创作。从《秦腔》《高兴》《古炉》《老生》到《极花》，贾平凹每完成一部长篇，都会与韩鲁华进行一次对话，除了谈自己是如何构思每部作品的过程，还每每都要谈及自己的文学观、文化追求和近年来的转向、变法。

二

　　文学是语言的艺术，语言也是一个作家创作风格最具辨识性的要素。贾平凹的文学语言拙朴厚重，古风古韵。这种语言在中国当代文坛算是独树一帜的。贾平凹对自己的文学语言是有着深刻的自觉的，"我早期的作品，雕琢的东西还是很多的。随着年龄的增长，对它的感觉不一样了。啥都要朴素着来，尽量不画那种雕琢的东西。""我反对把语言弄得花里胡哨。写诗也是这样，一切讲究整体结构，整体感觉。不要追求哪一句写得有诗意。越是说得白，说得通俗，说得人人都知道，就越自然，越质朴。"贾平凹的文学语言不是凭空而来的，他早期作品中的语言主要还是受明清文学的影响，明清小说"这些东西大量都是东南方人写的，江浙一带的。这一带人吧，他也聪明，他的文笔是另一种文笔，他那种文笔就是很柔美的那种，婉约、柔美的成分多"。江浙地区山清水秀，小桥流水，亭台楼阁，处处精致机巧，这样的自然环境倒也和婉约、精致的语言风格相符合。明清文学算是中国文学史上的一个标高。但在贾平凹看来，那点儿工巧虽好，但终归和自己所处的自然环境和文化传统不那么吻合。贾平凹的老家在陕南，地处秦楚交界。陕南的自然环境与陕北、关中不同，它在秦岭以南，气候温润，山秀水灵，有一些江南气息，但又因与楚地相邻，不免又沾上楚文化的特质。这样两种文化的交融与冲突，也体现在贾平凹的文学创作中。自然环境带来的文化馈赠构成了一个作家的人文基础，但后天的文化选择更显一个作家的文化追求，或者说一个成熟的作家势必要对自己的创作所依凭的文化资源进行"再选择"。贾平凹作为一个优秀的作家，自然也经历了这样的调整或变法："我性格里边，它也有些灵秀的东西在，就是自己受那个文化的熏陶，我老家是秦楚交界之处，就是中原文化和楚文化交汇的地方，身上肯定有楚文化这些东西。有时你还不能太追求柔美的东西，追求太过了它就容易软，有意识地要加些东西，但是你无法改变一些东西，基因里的东西你无法改变，所以有时要故意学学硬的东西，学学两汉的东西。"一种是秉性难改的文化遗传，一种是成熟后的变法、再选择，两者矛盾地融合在贾平凹的创作中。用闵智亭道长写给贾平凹的四个字"海风山骨"最可表达这种共生性的矛盾状态，"像海一样的风，吹过来，你说柔也柔，你说大也大，就是过来了。这个山，就是山骨，山那种骨架，像骨头一样。既有很温柔、很柔和的东西，还有很坚硬的东西"

三

现代语言学认为，语言不再仅是表达的工具，而是"历史文化的水库"，是"存在的家"，有什么样的语言，就会有什么样的思维。在此，语言有着决定性的作用。贾平凹选择继承、习得什么样的语言，也决定了他在作品背后的思维方式。贾平凹非常在意自己作品中的中国特征，这里的中国特征主要指的是决定中国人之为中国人的文化属性。贾平凹在这几篇对话录中，反复谈到他的创作受到《易经》《山海经》等古代经典和庄子、苏轼等古典大家的影响，"我觉得，因为中国人有中国人的特性，就是中国人的文化，中国人的思维。中国人的思维和别的地方的人的思维是不一样的"。"它那是一整套的，所以说中国有它固有的那一套。那一套肯定要有变化，到现在肯定它要变化，但它最根本的看问题、思考问题的方式还是与其他不一样。你看古典文学，它古典不仅仅是说形式方面，我主要讲的是思维方式，它主要是混沌来看、整体来看一些问题，它看的不是局部的、具体的，都是意象性的东西多。"贾平凹在访谈录中也坦言，随着年龄大了，越来越靠近中国传统的东西，尤其是文化传统中源头性的、元典性的要素，诸如拙朴、混沌。这种思维方式上的变法，不仅体现在具体作品的叙述语言中，还体现在具体作品的文体变化上，诸如在文本的叙述中穿插一些古典文化的经典，这些就打破了我们理解的一些叙述成规。这种叙述上的"混乱"，正是贾平凹的"混沌美学"追求。

四

　　作家的创作谈，确实有助于我们了解作家的奇思妙想与美学旨趣，但这类言说也不无尴尬之处。打一个不恰当的比方，就像一对夫妇生了一个孩子，既不像爸爸也不像妈妈，大家看来看去难免就要多想了。孩子的爸妈无奈，只好做亲子鉴定，DNA显示是亲生的。这样一来，大家才疑虑尽散。作品就如作家的孩子，创作谈就如同亲子鉴定。读者思来想去，也看不出作家想要表达的"门道"，云里雾里，晕头转向。这时，只有借助作家的夫子自道才能略知作家的良苦用心。这样的局面，或许是作家的尴尬，也是读者的尴尬吧。

在溃散中重建生活的可能
——读《刘晓东》和《丙申故事集》

一、从20世纪80年代走来的"多余人"

《刘晓东》是三个中篇的合集,三部小说通过与刘晓东相关的同学、校友,集中展现了从20世纪80年代走过来的理想主义青年在当下的生活处境和精神状况。更为准确地说,应该是这些青年的精神困境,至少在这个层面而言,他们是今天的"多余人"。造成他们这种"多余"的状态的原因,不是来自于当下,主要来自于20世纪80年代的飞扬与溃散。

在很多当代文学作品和当代文学史中,我们对于20世纪80年代的描述都是充满理想、阳光的,那是一个激情飞扬的时代。在诸多的关于20世纪80年代的作品与回忆中,基本的叙述姿态与情感基调都是昂扬的,留存的记忆也可以说是深远长久。但在《刘晓东》中,弋舟讲述20世纪80年代的方式,显得极为特别,因为在每部小说中的主体叙述都是在讲述当下的故事，只是偶尔在追根溯源中会提及他们的大学时代——20世纪80年代的一些生活往事。即便提及，也是一闪而过，不会尽情讲述那个时代的"光荣与梦想"。但我们在《刘晓东》中，却依然可以感受到20世纪80年代的历史对于弋舟小说叙述的决定性影响，因为那是"刘晓东"那代人的精神起点，然而在某种意义上来说，也是"刘晓东"那代人的精神终点。20世纪80年代无论是作为"刘晓东"们的精神起点还是精神终点作为一笔巨大的精神遗产或是精神负担，留存在"刘晓东"们身上的是一种阴沉的、抑郁的力量。这种"总体性"的氛围，犹如幽灵一般，并没有随着20世纪80年代的终结而消散，反而是更为严密、紧实地笼罩在深处当下的"刘晓东"们生活之中。这是一种无法摆脱的魔性力量，它是"刘晓东"们走进当下精神生活的桎梏与枷锁，是这种力量让"刘晓东"们成为这个时代的精神遗民，成为这个时代的"多余人"。

每个时代都会有属于自己的"多余人"，但"刘晓东"们作为"多余人"的原因有些特别，因为他们始终沉溺在20世纪80年代的生活和精神状态之中而无法自拔。"我们毕业前那个夏天所发生的一切，已经从骨子里粉碎了周又坚。整个时代变了，已经根本没有了他发言的余地。如果说以前他对着世界咆哮还算是一种宣泄式的自我医治，那么，当这条通道被封死后，他就只能安静地与世界对峙着，彻底成为一个异己分子，一个格格不入、被世界遗弃的病人。"（弋舟：《刘晓东》，第39页）周又坚因为妻子莫莉与老板的暧昧关系而离家出走。如果说周又坚在面对资本的力量时是一个弱者，而无法忍受由此带来的屈辱而离家出走似乎是人之常情，至少是可以理解的举动。但在《等深》中，我们明显感到周又坚的离家出走，主要不是来自这段屈辱，而是来自那个"疾风骤雨的夏天"。可以说，从那时起，周又坚就已经开始"离家"了——那个作为刘晓东那代人的精神起点与终点的20世纪80年代。与周又坚在当下的"弱者"处境不同，《所有路尽头》中的邢志平是当下的"强者"，他拥有的"资本"足以让他在当下成为一名成功人士，但即便如此，邢志平仍然是不幸福的，亦或是这个时代的"多余人"。但邢志平在今天的成功，依然无法抹平他来自20世纪80年代的创伤记忆——情感与精神的双重创痛。"他一天天地苍白，日复一日地走向腐败和霉变，活成了个谨慎的吸血鬼。他被自己彻底地戕害了。在最为难熬的日子里，他甚至冲动地跑到我的画室里来，动情地抚摸另一个同样孤独的肉体。他终究解放不了自己，他这个无辜而软弱的人，这个'弱阳性'的人，这个多余的人，替一个时代背负着谴责。"（弋舟：《刘晓东》，第244页。）

二、如何与20世纪80年代"等深"

在弋舟的小说中，20世纪80年代已经被历史化了，成为了一笔沉重的精神遗产。那么，如何对待这笔精神遗产，就成为那些从20世纪80年代走过来的人必须面对的问题。面对20世纪80年代的姿态，不仅关乎历史更关乎每一位过来人的道德。在今天，这是一个看上去十分复杂的问题或者是难题。

"等深"，是小说《等深》中，周翔与刘晓东（此刘晓东与"我"重名，是周翔的同学）关注的一个海洋科技概念，"等深流是由地球自转引起的，在大陆坡下方平行于大陆边缘等深线的水流。是一种牵引流，沿大陆坡的走向流动，流速较低，一般每秒15~20厘米，搬运量很大，沉积速率很高，是大陆坡的重要地质英力。有人认为等深流也属于一种底流"（弋舟：《刘晓东》，第34页）。我不懂海洋科技术语，只能望文生义，"等深"就是对等、匹配。但黄德海认为，把等深"直接讲为'相同的深度'""不知为何流失了一点力量，把这个词所含的沉雄回环之力解消了，小说委婉曲折的能量场也会因此走失不少"（黄德海：《等深的反省——弋舟〈刘晓东〉》）。或许，弋舟也无法以一个干脆果断的词语来表明他对20世纪80年代的态度，就旁逸斜出地借用了这么一个看似与历史、与人生毫不搭界的海洋科技术语来含混地呈现，当然也包括刘晓东们以及从20世纪80年代的过来者们对待那段历史的态度。

《刘晓东》中的主要人物，差不多都是历史主义者。无论现在如何，他们都深陷在20世纪80年代的历史之中，他们都缅怀那段"光荣岁月"，尽管那场"疾风骤雨"改变了当时很多人的命运。在从20世纪80年代的过来者中，有一

在溃散中重建生活的可能——读《刘晓东》和《丙申故事集》

种人的态度是很暧昧的,随着20世纪80年代的结束,他们被"抛"到了20世纪90年代以来的社会结构之中。20世纪80年代实在是太短暂了,他们还没来得及充分"展开",就已匆匆结束。他们不大适应社会的巨大转型。面对现实的无措,他们不断地回复到让他们觉得骄傲的20世纪80年代。在那个年代,他们都是"牛逼"的,但在今天他们是"不牛逼"的。而且,他们就此认为,20世纪80年代的过来者,只要没有"背叛"自己的青春理想和历史责任,在今天就应该是"不牛逼"的,至少不应该是"牛逼"的。在一次校友聚会上,邢志平就遭到了那些"忠诚"于那段历史的校友们的冷眼相待,"他出现在大家面前,这个白净净的商人让大家感到陌生,没人知道是谁邀请了他。后来总算有人想起来了,拉着人小声嘀咕:邢志平,他是邢志平,89级的,现在牛逼了,是个书商。这样邢志平无形中就成了聚会中的异类。在一群'不牛逼'的人当中,一个'牛逼'的人有什么好果子吃呢?况且,他还是个书商。师范毕业,这帮留在国内的同学,大多是吃书本饭的,饱受出书之苦,如今一个书商混进来了,他们没有理由不冷眼相看"。邢志平的成功,纯属偶然,也是性格使然,"他这样与生俱来的温和者,不会卷进那样的飓风当中。他顺利地从大学毕业,分配到了相当不错的工作单位。""他的上司辞职经商,鼓励他一起去奋斗。他从小就习惯于对权威者言听计从,这次也不例外,谁知道,就此却让他成了新阶层的一员。他们做书商,得天独厚,公司运作得相当顺利,在很短的时间里就积累了惊人的财富。"在那个风云际会的时代，邢志平既不是振臂一呼的风云人物，也不属于应者云集的一众青年，反倒是对邢志平冷眼相看的那些人，或者是振臂一呼的风云人物，或者是应者云集的热血青年。在他们看来，只有这两种姿态，才是与那个时代"等深"的。而在今天，只有"不牛逼"似乎才是对得起，至少是没有"背叛"20世纪80年代的应有处境和"等深"姿态。"冷眼相看"邢志平的人的心态则是双重的，抑或是有些矛盾的。一方面他们是历史主义者，但另一方面他们又是现实主义者，因为身在学术体制之中，必然要有各种发表文章、出版专著的考核，他们饱受出书之苦，自然也就把这愤懑算到了书商邢志平身上。当然，造成他们这种双重或矛盾心态的原因，更主要的可能是历史的转型。告别了短暂的20世纪80年代，历史渐入"娱乐至死"的狂欢之中。当年的青年已然步入中年，他们当年面对的历史矩阵，已然被商业、娱乐等并非关乎历史的事物替代，或消弭，或隐藏。他们的每一次出击，都如入无物之阵，这里没有疾风骤雨，只有历史矩阵消退后的无视。这种视而不见的漠视，可能是那些20世纪80年代的风云人物与热血青年们最无所适从的。他们的历史与记忆，在今天，与作为时间的20世纪80年代一起放置在被遗忘的角落。被时下"冷眼"了的他们，才会对今天的邢志平"冷眼"。

  人生必然会在历史中浮沉，正如鲁迅在总结新青年同人时说的那样，有的高升，有的退隐。"刘晓东"们的命运也大体如此。除了邢志平、除了"冷眼"邢志平的人，还有

在溃散中重建生活的可能——读《刘晓东》和《丙申故事集》

像老褚、像刘晓东这样的。老褚做了副校长，算是高升，可算是当下的得益者，但他依然感慨："我们这代人挺不容易的"；刘晓东则是画家、教授，"有社会地位"，但他依然觉得今天"是一个我们在大学无法想象的时代。那时候，莫莉是一个将十字架挂在胸口的女生，是一个为了道义便可以去陪伴那位慷慨激昂的病人的女生，而在这个时代，她要一边做着经理，一边被爱"。刘晓东的生活状态似乎是在邢志平与老褚之间的第三条道路，他是个自由艺术家，至少看上去是以20世纪80年代的姿态面对当下，但他同时又是高校里的教授，得益于体制的资源过得有滋有味。在小说中，刘晓东似乎是个局外人，他像一个侦探缜密地介入每一个事件之中，抽丝剥茧地去追索事件的真相，只是偶尔会把自己捎带进历史与当下。刘晓东的这种"置身事外"又"入乎其内"，似乎就是20世纪80年代的过来者在今天的选择困境和道德困境，之所以会有这种认知上和精神上的困境，也可看作弋舟或者是"刘晓东"们对20世纪80年代的历史省思。这种省思可能是精深的、痛彻骨髓的，也可能是晦暗不明的，因为历史本身也是如此。但这种带有犹疑意味的历史省思，似乎不足以让20世纪80年代的过来者在当下获得道德的完善与精神的安宁。或许在刘晓东们那里，只有离家出走的周又坚，才是"那个唯一有权利对这个时代疾言厉色去谴责的人"。这种决绝果敢，才应该是20世纪80年代的过来者应有的历史姿态。可刘晓东们却是没有这种道德自信的。他们只能在对20世纪80年代的过来者的哀悼中去回首往事，去寻找重建可能的道德自信，与曾经的20世纪80年代"等深"。

三、在庸常中重建？

在《丙申故事集》中，《随园》带着明显的20世纪80年代的气息，文艺、启蒙，那个年代的关键词，也不断地在小说中闪现。而其他几部作品《发生笛》《出警》《巨型鱼缸》《但求杯水》，也会出现"我"的大学时代，但这个大学时代更多的仅仅就是时间——"年轻时留着短发，让王晰有种少年般的美，人到中年，短发可就显得偏狭和严厉了"（《发生笛》）——而不像《随园》中那样具有明显的历史意义。面对历史矩阵我们的反抗会显出崇高、悲壮，但面对庸常的烦琐、无聊，我们无奈、无力。《丙申故事集》中的人，几乎都面临着人到中年之后的各种危机，这种悄然而至的危机潜藏在生活的每个角落，它零散、密集地蔓延在漫长的"人到中年"之中。

弋舟在《丙申故事集》的代后记中说："这是时间之力，是生命本身的朝向。将人放置在环境里，这事儿，也只有时间能教会我们——原本我们恐怕是没有学好如何恰当地在世界中摆放我们。"或许是"时间之力"让我更多地看到了《丙申故事集》与《刘晓东》的巨大差异性，尽管弋舟说："这本集子取名为《丙申故事集》，本身就是在向时间和岁月致敬，那么，与过去重逢，回溯与检索，不就是时光

在溃散中重建生活的可能——读《刘晓东》和《丙申故事集》

的题中应有之义吗?"但《丙申故事集》中的致敬岁月的力量,较之《刘晓东》中的"刻骨铭心"显然是弱了很多。当然,致敬岁月的方式不只一种,选择何种方式去致敬只能说明时代的属性与此时此地"生命本身的朝向"。

生活就是此在,或许无须重建,顺应是一种自然的态度。当然,对于那些有过"历史经历"的人们来说,恐怕重建比顺应更重要,更有意义。

四、重逢准确的事实

《刘晓东》与《丙申故事集》中,都有一种共同的情感氛围、讲述方式,黄德海认为这是一种"现代小说的气息"。我认同此种说法。但除此之外,可能与弋舟追求的"重逢准确的事实"有关。

《重逢准确的事实》是《丙申故事集》的"代后记"。弋舟说:"你说不的那个道,唯一需要遇到的是你写下的作品,那是你的'准确'所在,是你永远应该追逐的第一'事实',否则真是有夸夸其谈之嫌。而'遇到准确的事实',同样隐含了某种更为深刻的小说伦理,遇到、准确、事实,这三个词,实在是充满了力量,连缀起来,几乎就是小说写作的'硬道理'。"为了"准确"与"事实""重逢",弋舟在小说的讲述中,往往会把事实描述得十分周全,这样可能是准确了,但却显得过于繁复了。

79

我非常认同弋舟说的"遇到准确的事实"隐含了"深刻的小说伦理"。但我在阅读《刘晓东》时，发现两处与我所了解的"事实"难以"重逢"之处。

在《所有路的尽头》中，参加完邢志平的葬礼，"我"搭老褚的车回来，同车还有邢志平当年的班主任尚可。途中老褚和尚可说起了他们学校评职称的事情，"两人有着共同的烦恼，都为出版学术著作而犯难，这是评定高级职称必须满足的条件之一。老褚说：'我们留在高校的这些人，如今最狼狈。'"或许真如老褚说的那样，留在高校的人都很狼狈，但这"狼狈"也落不到副校长老褚的头上，老褚也不应该为出版一本学术著作而犯难。

在《等深》中，为了核实周翔的去处，"我"和"刘晓东"（周翔的同学）来到了当时周翔买火车票的窗口。"窗口中午不售票。一个教中文的教授在这样的时刻就学以致用了，我用自己专业性的恳切打动了窗口里的那位姑娘。如今买火车票都是实名制了，周翔还没有身份证，但他有一个从生下来就附着在他生命里的身份证号码。这串号码由身边的男孩背了出来。窗口里的姑娘在电脑上检索后表示，的确，五天前，是有一张火车票从这个窗口售出。"我也有着与刘晓东的同样诉求，但火车站售票窗口的工作人员拒绝了，说是要到公安值班室去查询，我就赶到公安值班室，同样被拒绝。被告知，如果想查询，就需要被查询人所在地的派出所开具一份需要查询的人的失踪证明，加盖公章后方可来火车站的公安值班室查询。一个人的行踪是极为重要的隐私，同

在溃散中重建生活的可能——读《刘晓东》和《丙申故事集》

时更关乎人身安全,有这样复杂严谨的程序是可以理解的。我不知道在《等深》中,刘晓东这位中文系教授怎样用"专业性的恳切"打动了那位售票的姑娘。当然,面对同样的问题,我没有解决,并不意味着《等深》中的刘晓东不能解决。我只是对刘晓东的解决方式有些疑问罢了。

小言杂谈

"世界是一张纸，轻轻一捅就破了"
——叶弥小说读札

一

叶弥在《风流图卷》的后记中这样写道："2009年开始写《风流图卷》，打算写四卷。随意在过往的时间里取了四个小说的时间段：1958年、1968年、1978年、1988年，各一卷。每卷十几万字，整个小说四十多万字。"一眼望去，大家都会知道这四个时间段，在当代中国历史上的重要性是不言而喻的。随即叶弥话锋一转说："什么时间段并不重要，另选四个时间段，譬如1951年、1961年、1971年、1981年……也一样，时间是小说的背景，只限于时间的价值。对于我小说中的那些奋斗者来说，时间只是水，混浊的清澈的，湍急的平缓的，都挡不住他们追求幸福的舟船。"[①] 小说中的

[①] 叶弥：《风流图卷·后记》，十月文艺出版社，2018，第436页。

"世界是一张纸，轻轻一捅就破了"——叶弥小说读札

时间段可能并非如叶弥说的那样无足轻重，至少对叶弥的许多小说而言，时间段显然是非常重要的，因为这些时间不仅仅是一个物理刻度，更是一个历史刻度。历史是镶嵌在时间中的，时间是历史的背景，尤其是一些改变了历史走向的时间，其不可替代的意义更是不言而喻的。如果这样的时间段变了，背景自然也变了，历史也随之斗转星移。因此，在叶弥的一些小说中，时间不仅限于时间的价值，而是精心挑选的历史刻度。

《成长如蜕》是叶弥中篇小说的代表作，几乎所有谈论叶弥的文章都会涉及这篇小说。小说的起点是1988年，改革开放的第十个年头。改革开放对于中国历史而言是一个重要的时间段，一个重要的历史事件。在国人的传统观念中，对于历史事件的纪念，十年、二十年、三十年……每逢十年的整数倍的年份都是重要的纪念时段。这些重要的时间段往往都带有继往开来的作用，在此，时间决定或改变了历史的走向。历史的变轨也深刻而长久地影响了一部分人的物质生活和精神世界。至少在人们的惯性认知中一些重要的时间段有着巨大的力量。叶弥在《玄妙月亮温泉》中说过《成长如蜕》："这篇小说，平铺直叙，可以说没有技巧。但是写完以后我很满足，因为我道出了世界的真相，我敢写生活的正反两面，我也敢写人物个性的每个侧面。不是猎奇，不是批判和否定，不是歌颂和肯定，只是追求完整。只有做到这一点，小说才是完整的，作家才是完整的。"虽然叶弥在这里强调小说写的是"生活的正反两面"，是"追求完整"，

但是我们在阅读小说的过程中还是可以明晰地感受到"不平衡"与"偏至"。正是这种"不平衡"与"偏至"构成了小说的精神内核。造成父亲与弟弟"相似"又"相异"的根源皆是因为歧视和不被认同,而造成歧视和不被认同的根源就在于"在人类各式各样的歧视里,最有力的是经济上的歧视,而各式各样的歧视最后会殊途同归为经济上的歧视"①。

父与子的冲突,可以说是各种文学传统都会涉及的内容,但是造成这种代际冲突的原因可能是多种多样的,而在《成长如蜕》中多半是和经济相关,准确地说应该是和经济地位的变化相关。"我"家曾经很穷,也备受歧视:

我家和钟家,在我出生后的第二年就是邻居了。钟家住在前面的两大间屋子,我家在他家的后面,小小的一间,以前是用作厨房的……母亲说,我家搬进去的时候,钟家的女人,莫老师,掀开她的后窗帘,不怀好意地数看我家简陋的几样家具。她那不带表情的眼珠子轻侮地骨碌乱转,母亲的心中就此感到了女人之间的一种芥蒂。(《成长如蜕》)

钟老师是教学楷模,是校长的红人,"我"父亲是普通教师,默默无闻。这些差异决定了我们家与钟家的"差距"。父亲的祖上曾在上海滩发家致富,但后来家道中落。父亲的出身在那个年代无疑是一种原罪,是应该被歧视的;

---

① 叶弥:《成长如蜕》,《中国好小说·叶弥》,中国青年出版社,2016,第292页。

"世界是一张纸，轻轻一捅就破了"——叶弥小说读札

但是我们家遭受歧视的原因并非是因为曾经富过，而是现在很穷。然而，这些差距与歧视发生在"1968年"，"1968年所有宣传都在极力铲除人们头脑中的资产阶级思想，树立穷是光荣的观念"。这足以说明，历史的风暴虽然摧枯拉朽，但也只能横扫那些浮在上面的"庞然大物"，而潜藏在人心里的那些根深蒂固的世俗人情依然牢固安稳。历史的风暴固然不能改变世俗中人对于穷与富的定见，但历史的风暴可以改变穷与富的位置。然而，一个人或一个家庭在特定生活区域内的经济地位一般是比较稳定的，只有历史发展的方向被拨动才能迅速改变这种地位格局。而这正需要一个重要的时间段带来一股巨大的推动力量。

1988年，改革开放的第十个年头，父亲辞掉了学校的工作下海经商，成了改革开放以来的第一代民营企业家。这一切的变化都源自于1978年的改革开放。这个时间段无论是对于我们家，还是对于钟家来说，都不仅是一个"时间"而已。十年后的1988年，虽然改变了我们家与钟家的财富对比关系，但我们家仍然受到钟家的歧视，准确地说是因嫉妒、无望而带来的"怨恨"：

其实，由于改革开放，他们已经熟悉了我父亲这一类的人，但越来越不习惯与我父亲这一类人生存在同一空间。好几年下来，希望变成了失望，梦想更是让人烦躁沮丧。他们常常被迫与我父亲这些人做对比，并逐渐形成泾渭分明的对抗意识。这是一种来自于两种经济成分的对抗，最后发展成

为钟老师和我家两个家庭之间的矛盾。(《成长如蜕》)

而"弟弟"却是一个将"让天下的人都幸福"视为信条的人,"弟弟寻求的不是个体之间的幸福,而是寻求他在群体中的认同,这样他才会觉得幸福。他愿意像一个普通人一样淹没在人堆里"。由此可见,"弟弟"追求的是一种无差别,而现实的世界却有着穷富之别,在"弟弟"看来"世上产生丑恶的根源在于不公平、不平等。贫富不均就能造成最大的不公平、不平等"。借此,"弟弟"与"父亲"产生了一系列的矛盾,他痛恨父亲"为富不仁",抵触做"父亲"的接班人。"弟弟"的叛逆不是来自青春期的躁动和反叛,而是来自一种与青春期不大相符的大同思想,"小清新式的忧伤和弟弟身上的焦虑,在根子上就天差地别。与前者一体同生的是自恋……有谁会像'弟弟'那样真诚而痛苦地去思索'让天下的人都幸福'"[1]这种无差别式的众生平等是"弟弟"与"父亲"抗争的根源与动力。执着于"理想"的"弟弟"四处碰壁,无论是在爱情上,还是在友谊中都遭受了无情的摧毁。"弟弟"最后终于"浪子回头",在他曾经鄙夷的商界混得如鱼得水,风生水起。这些变化同样也是来自时间的力量——1996年的夏天"父亲"中风病故后。

---

[1] 金理:《这些年,读叶弥》,《南方文坛》2013年第4期。

"世界是一张纸，轻轻一捅就破了"——叶弥小说读札

二

叶弥在《风流图卷》中所选择的时间段，同样是不同寻常的，正如方岩所说："叶弥从1958年和1968年这两个敏感的历史节点开始讲述这些故事。前者往往与反右、大跃进等重大历史事件产生联系，后者则涉及'文革'爆发、武斗席卷全国、军管城市等不同阶段。重大的历史时刻接踵而至，革命的热情和实践亦逐步升级。"[1]这两个重要的时间段，在国人的理解中是有着明确指向的历史时刻和历史内涵的。在当代文学中，涉及这两个重要时间段的作品也不在少数，叶弥自己的一些小说也处理过相似的时间段，如《独自升起》《美哉少年》《天鹅绒》都处理过"1966年""1967年"和"1969年"：

三状元弄的弄堂口，现在大得能开进卡车。第二天上午，又有一批人进巷子烧小教堂，昨晚的火已经熄灭，革命还没有彻底。这一次他们不仅放火，还朝教堂内的甜水井里撒尿，把修士赶跑。（《独自升起》）

唐雨林、司马、我父亲都在一九六九年那年"下放"在三个相邻的县……姚妹妹跟着丈夫"下放"那年恰好整四十岁。她一点也不伤感，她认为将来会有许多变通的方法。但是唐雨林心情沉重，这儿太穷了，太穷的地方总是像死一般

---

[1] 方岩：《叶弥长篇小说〈美哉少年〉革命时期的"成长如蜕"》，《文艺报》2016年10月26日。

寂静,他不喜欢这种毫无内容的寂静。(《天鹅绒》)

　　李不安三岁前不叫李不安,叫李小安。一九六七年秋天,武斗的时候死了许多青年,流弹打死了一个买菜的孕妇,大学里的教授站在台子上挨批斗。这些,都是李梦安看见的。李梦安拿着户口本到派出所去给儿子改名,那名中年男户籍警问也不问就把李小安改成了李不安。(《美哉少年》)

　　叶弥其实特别在意这几个重要的时间段,它们反复出现在叶弥的小说中,《风流图卷》关于此方面的叙述也自然会在我们已有的阅读预期之中——充分而细致地展现了革命的暴风骤雨和摧枯拉朽。但《风流图卷》的特别之处在于,叶弥在革命风暴之外将《风流图卷》叙述得"静水深流"。《风流图卷》中的"风流"除了微言大义之外,在我看来,更重要的是指认了世俗生活的重要性与反抗性力量,抑或是享乐主义生活方式中内在的反抗性力量。叶弥也曾对"风流"有过自述:"我小说的风流来自于现实。现实的风流在被压抑的、极端的政治环境下是人性的抗争,是解放的声音。我写到1988年,也就是改革开放以后,风流才成为一种享乐,甚至造成失控。但在严酷的时代,风流别具意义……我对开放时代的风流不太感兴趣,一开放,风流就走下坡路了,就显得太单调了。"[1]"风流"自身所蕴含的反抗性力

---

[1] 叶弥、齐红:《〈风流图卷〉:"用时代来讲述一种叛逆"》,《苏州教育学院学报》2016年第1期。

"世界是一张纸，轻轻一捅就破了"——叶弥小说读札

量和解放的力量，只能在压抑的时间段里显现出它的意义和价值来。《风流图卷》中的"柳爷爷"柳家骥就是一个典型的享乐主义者，他是市政协副主席，柳亚子、陈从周、汪曾祺、聂绀弩都是他的"老朋友、小朋友"，他们"对生活的兴趣远远大过对政治的兴趣"。柳家骥的生活精致享乐，有一个占地28亩的宅院，亭台楼阁，假山流水，红砖洋楼，明式家具，应有尽有，极尽享乐。在大难临头之际，柳家骥念念不忘的还是那一口白汤卤鸭面，"这个时候该吃白汤卤鸭面了，鳝鱼骨、排骨熬汤三个小时，面上除了放卤鸭，还要放些火腿丝和豆腐衣切的丝"①。这种讲究的生活，道出了享乐主义的精髓，"柳爷爷的吃穿用度，也都是费尽心思。从物质满足到精神满足，特别的讲究，讲究得别人做不到，才是享乐主义。"②这样的享乐主义与革命的暴风骤雨相距甚远，亦可说是相背而行，闲适享乐的生活，暗含着静水深流的反抗力量，难怪"享乐主义""闲适文章"均被革命的暴风骤雨数次洗礼涤荡。

在《逃票》中，叶弥将饮食对于革命的"腐蚀性"描写得极为细腻传神，这种对于吃的讲究和执着，在革命的洪流中暗自涌动，四溢的肉香一时吹散了革命的暴风骤雨：

---

① 叶弥：《风流图卷》，十月文艺出版社，2018，第205页、第29页、第77-78页。
② 叶弥：《风流图卷》，十月文艺出版社，2018，第205页、第29页、第77-78页。

小言杂谈

　　国营菜场五点半钟开门，赵点梅在菜场里有内线，知道什么时候有蹄髈买，蹄髈和肥肉一样，属于抢手货。她会半夜里起身，一点不到就去排队，排队的人，大都也是知道内幕消息的。买到大蹄髈，不管红烧还是白烧……她快速地把它去毛、焯水、下锅急火烧开。珍珠一样的水泡，顶开汤面上的油层，一只只放逐在空气里，眼见得香气就要冒将出来，传遍四面八方……且慢，这时候她把砂锅端起来了，捞出蹄髈，放进一只布袋里。带上布袋，骑上破旧的自行车到娘家去了。砂锅里的清油汤，她没忘了收到碗橱柜里……她的娘这时候从布袋里拿出半生不熟的蹄髈，上了锅慢慢煨。她知道她的外孙和外孙女们是多么需要吃这只蹄髈，她不敢怠慢，把蹄髈烧到外面烂糯里面劲道，赵点梅要的就是这效果，烧得太烂，一吃就没了，放在嘴里慢慢咀嚼才好。牙齿里嵌两条肉丝，夜里还能当点心吃。（《叶弥六短篇·逃票》）

　　赵点梅和她母亲这些举动，可能是因极端年代里物质匮乏而导致对于肉类的渴望，但同时这里的"红烧""白烧"、细致的煨煮、火候的掌握，也彰显出在革命年代中紧张之余的从容不迫。这种从容就是对烹制食物的讲究，而这讲究不是偶然的个案，而是一种带有普遍性的饮食文化。如我们这般粗糙之人，即便在那个不寻常年代也不会对一个蹄髈如此"精耕细作"。这种从容不迫和精耕细作，固然有来自"物以稀为贵"的原因，但同时，也可见一种讲究的饮食文化抑或尊重口腹之欲的享乐主义所内蕴着的反抗性力量。

"世界是一张纸，轻轻一捅就破了"——叶弥小说读札

　　叶弥如此执着于对压抑年代的享乐主义的书写，或许是来自地域文化或者地域文学传统的影响。陆文夫的《美食家》中的朱治也同样是一个在吃上极为讲究的人，也是一个享乐主义者。吃对于朱治也来说可谓人生最大的乐趣，但这最大的乐趣在1949年以后便被逐渐剥夺，松鼠鳜鱼、雪花鸡球、蟹粉菜心那些"高贵"的菜都被红烧肉、白菜炒肉丝、大蒜炒猪肝这些"大众菜"代替了。这对朱治也的"味觉"造成了毁灭性的打击，但他不甘心，费尽心思来满足自己的味蕾。朱治也的这些举动可看作一种"味觉政治学"，维持一种旧的吃食样式，既满足了自己的味蕾，同时也是对于新的饮食倡导的抵制。世俗生活中的味蕾在默默地、顽强地抵抗着革命的风暴。这种以对世俗生活既有秩序的尊重来凸显一种抵抗性的力量，不独出自叶弥的小说，而是其来有自的。

三

　　很多研究者都注意到叶弥小说中的"成长小说"特点。"成长小说"是个舶来品，冯至在《威廉·迈斯特的学习时代》的序言中指出成长小说中的"成长"："即个人和社会的关系，外边的社会怎样阻碍了或助长了个人的发展，在社会偶然与必然、命运与规律织成错综复杂的网，个人在这里边有时把握住自己生活的计划，运转自如，有时却完全变

成被动的，失却独立。经过无数不能避免的奋斗、反抗、诱惑、服从、迷途……最后回顾过去的生命，有的是完成了，有的却只是无数破裂的断片。"①参照冯至对"成长小说"的界定，叶弥的一些小说恐怕就不能算是典型的成长小说了。这些小说反而具备了一些"反成长小说"的特征，这些小说的主人公"不是以肯定的方式出现的，而是以否定、叛逆的方式出现的，它没有给出理想，同时，也拒绝成长"②。问题的关键不在于叶弥一些小说是成长小说，还是反成长小说，而在于我们如何看待"成长"。在我看来"成长"是文学的伴随者，文学和"成长"密切相关。在此，"成长"有点儿类似萨义德提出的"晚期风格"的概念。在萨义德看来，晚期风格有两种，其中一种是我们惯常认为的"和解型"，"我们在某些晚期作品里会遇到某种被公认的年龄概念和智慧，那些晚期作品反映了一种特殊的成熟性，反映了一种经常按照对日常现实的奇迹般的转换而表达出来的新的和解精神与安宁"③。我们通常理解的成长恐怕也与这种晚期风格相似，成长意味着成熟性，意味着和解和安宁。但是，在文学意义上的"成长"并不意味着一个线性的进步观念，同时"成长"也不完全就是矛盾的消解与调和。这与另一种晚期风格极为相似，"它包含了一种不和谐的、不安宁的张力，

---

① 冯至：《威廉·迈斯特的学习时代》序，《冯至学术论著自选集》，北京师范学院出版社，1992，第358页。
② 晓华：《叶弥论》，《当代作家评论》2004年第5期。
③ 爱德华·W. 萨义德：《论晚期风格——反本质的音乐与文学》，阎嘉译，生活读书新知三联书店，2009，第4页、第5页。

"世界是一张纸，轻轻一捅就破了"——叶弥小说读札

最重要的是，它包含了一种蓄意的、非创造性的、反对性的创造性"①。

《成长如蜕》中的"弟弟"兼具了这两种"成长"的特征，从"父亲"发家致富开始，"弟弟"就与"父亲"有了一种"不和谐""不安宁"的紧张关系，直到"父亲"去世，"弟弟"在历尽沧桑之后，开始在商界耕耘，"弟弟在最后终于显示了他的聪明，选择了他如今的选择，他成长了，令人信服，你将看见资本在我弟弟的手中得到进一步的积累。弟弟在艰难的成长过程中明白了什么是需要的，什么是不需要的"②。叶弥在小说的结尾，还是让"弟弟"实现了第一种类型的成长，"弟弟"不仅与世俗世界实现了和解，而且在世俗世界中获得了极大的成功，"什么是需要的"早已替代了"让天下的人都幸福"的平等理念。这种和谐的处理方式，让小说前面的冲突与力量感一下子就松弛下来了。而叶弥对《猛虎》的处理，就较之《成长如蜕》有力多了。这也正如叶弥在《〈猛虎〉手记》中说的那样："每个人都曾经有过美好的理想，却无法回避地与这个世界对抗着。这是人生中最残酷的内容。"

---

① 爱德华·W. 萨义德：《论晚期风格——反本质的音乐与文学》，阎嘉译，生活读书新知三联书店，2009，第4页、第5页。
② 叶弥：《成长如蜕》，《中国好小说叶弥》，中国青年出版社，2016，第314页。

小言杂谈

"总体性"叙述中的"秦腔"与"名伶"
——读《主角》

传统戏曲是传统文化的精魂，而"角儿"又是传统戏曲的精魂。陈彦的《主角》讲述了秦腔名伶忆秦娥的艺术人生。从易招娣到易青娥再到忆秦娥，一个陕北山沟里放羊的女娃随着当代中国的历史变迁一道成长，历史的刻度隐显于忆秦娥的生命轨迹中。与陈彦此前的《装台》直接横向切入当下的现实与生活不同，在《主角》中，陈彦怀抱了更大的雄心壮志，小说纵向披览当代中国历史的历史进程，可见其历史主义的恢弘气魄。在这种带有总体性的写作方式中，陈彦以对当代中国历史尤其是四十年改革开放的线性进化论式理解，将当代中国的发展进步与忆秦娥的个体成长纳入到了一种同一性的历史叙述之中，在宏大的历史与细微的个体之间达到了一种微妙的同构性与平衡感。

"总体性"叙述中的"秦腔"与"名伶"——读《主角》

一、传统曲艺风情画

秦腔是秦人的文化志、心灵史，亦是秦人的性情说，陈彦在《生命的呐喊》中说过，"秦腔作为秦人的重要生命表达方式，自然与生俱来地带着质感的倔巴与坚硬"，"秦腔最重要的品质就是具有生命的活性与率性，高亢激越外，从不注重对外在的矫饰，只完整着生命呐喊的状态"[1]。而《主角》中的忆秦娥的品性与秦腔的独贵品质有着天然的契合，"忆秦娥就是秦人自己的娃。无论上了妆还是卸了妆，都是绝色美人一个。但这种美，是内敛的美，羞涩的美，谦卑的美，传统的美。恰恰也是中国戏曲表演所需要的综合之美"。"忆秦娥的第二个奇异就是功夫。她身上的那个溜劲儿、飘劲儿、灵动劲儿，都是北山舞台上过去不曾有过的"[2]。

自先锋文学流行以来，当代文学在叙述形式上已经有了较大的进步。在形式探索的动力日趋减弱后，又有回归生活世界之主张，弥补先锋文学的凌空高蹈，诸多不同代际的作家返归现实与历史，或是写实主义，或是历史主义，或是传奇志怪，或是惨淡人生。在这些真切可感的生气淋漓之外，此类创作也有一处弊病，即作品的趋同性或曰同质化。陈彦的《主角》虽不可说在此类创作中另辟新路，但至少可见与这类作品相比而呈现出来的异质性。这种差异性体现在《主

---

[1] 陈彦：《说秦腔》，上海文艺出版社，2017，第28页、第22页。
[2] 陈彦：《主角（下）》，作家出版社，2018，第441页、442页。

角》的日常叙述上,从易招娣到忆秦娥是成长不是传奇;忆秦娥的艺术人生有波折,有困境,但并不是一蹶不振,不是当下流行的"失败者之歌"。此处所言,并不是认为传奇与失败者之歌不好,而是此类叙述多了,容易造成审美疲劳。

陈彦在文艺团体工作了近三十年,熟悉剧团的生活百态,各色人等,也与各种"角儿"打过交道,端详了其中的甘苦,亦见识了彼此的争强斗胜,"角儿,也就是主角。其实是那种在文艺团体吃苦最多的人。当然,荣誉也会相伴而生。荣誉这东西常遭嫉恨怨怼。因而,主角又总为做人而苦恼不迭。拿捏得住的,可能越做越大,愈唱愈火;拿捏不住的,也会越演越背,愈唱愈塌火"[1]。忆秦娥从一个放羊的女娃到秦腔名角的"秦腔皇后",从刚到县剧团被歧视、被排挤到被厨房师傅廖耀辉侵犯,再到被一直居她之后的楚嘉禾的种种算计、陷害,到她与刘红兵的不幸婚姻,再到最后画展上的"裸体画"风波,凡此种种,忆秦娥尽管一路与各种殊荣相伴,但也算是吃尽了这人世间的种种苦楚,受尽了各式的流言蜚语。

陈彦在《主角》的后记中说:"我十分推崇的小说家陀思妥耶夫斯基说过:'长篇小说的主要思想是描绘一个绝对美好的人物,世界上再也没有比这件事更难的了。'"[2]忆秦娥是《主角》中那个绝对美好的人物,但围绕她的艺术人生陈彦写了她周围的上百个人物,从中我们不仅可见忆秦娥的

---

[1] 陈彦:《主角(下)》,作家出版社,2018,第890页。
[2] 陈彦:《主角(下)》,作家出版社,2018,第896页。

"总体性"叙述中的"秦腔"与"名伶"——读《主角》

成功,也可见秦腔这个传统曲艺行当里的"风情画"。

忆秦娥开始接触秦腔时,传统的戏班子已经变为了国家剧团。经历了戏曲改革,一些传统戏班子的老先生虽然边缘化了,但还可见一些旧式戏班子的踪影。比如忆秦娥的一位老师周存仁,从小在戏班子里长大,戏改后虽无旧戏可演,但也不忘练功,但其总是大门紧闭,神神秘秘的,可见旧式戏班里"角儿"对自家功夫的"保护":

> 平时不演出,剧场铁门老是紧闭着。也不知周存仁在里边都弄些啥,反正神神秘秘的。据说老汉爱练武,时不时会听到里边有棍棒声,是被挥舞得"呼呼"乱响的。可你一旦爬到剧场的院墙上朝里窥探,又见他端坐在木凳上,双目如炬地朝你盯着。你再不下去,他就操起棍,在手中一抻,一个旋转,"日"的一生,就端直扎在你脑袋旁边的瓦棱上了。棍是绝对伤不到你的,但棍的落点,一定离你不会超过三两寸远。

旧式戏班子里艺术的传承,多是讲究私下相授,尤其是那些老艺人或者名角儿的"独门绝技"更是如此。"存"字辈老艺人中的其他三位,苟存忠、古存孝、裘存义都以这种方式将各自的看家本领"教"给了忆秦娥。老艺人常讲"艺比天大",比如忆秦娥"吹火"的绝活,就是苟存忠在最后一次登上舞台时教给她的:

娃呀，师父今晚吹火，你要在侧台里好好看哩。主要看师父的气息。不光看嘴，看脖项，还要看腹腔，看两条腿咋用力呢。气息是由人的全身力量形成的，光靠某一个部分使劲，是吹不好的。吹火，要说难，很难；要说简单，也很简单。其实就是气息的掌握。好多演员吹火，急着想表现技巧，想让火光冲天，乱吹一气，反倒没有鬼火森森的味道。吹火，看着是技巧，其实是《游西湖》的核心。把鬼的怨恨、情仇，都体现在鬼火里边了。

苟存忠把最后一口气留在了秦腔的舞台上，他浑身颤抖地召唤忆秦娥告诉她配制"吹火"时用的松香的秘方："娃，娃，师父……可能不行了。记住……吹火的松香，每次……要自己磨……自己拌。记住比例……十斤松香粉……拌……拌二两半……锯末灰。锯末灰要……要柏木的。炒干……磨细……再拌……"[1]

在《主角》中，陈彦还用大量笔墨讲述了忆秦娥成为"角儿"前的苦中苦，在此不再赘述。无论是在戏班还是在剧团，除了这些艺比天大的素朴之外，还有"角儿"们之间的争斗，这也是一道人性的"风景"。比如刚进剧团时，对她有帮助的胡彩香和米兰两人一直都在为当上团里的"角儿"而明争暗斗：

---

[1] 陈彦：《主角（上）》，作家出版社，2018，第276页。

"总体性"叙述中的"秦腔"与"名伶"——读《主角》

你不是说要把那狐狸精的戏,敲烂在舞台上吗?怎么不见敲烂,反倒还朝浑全地箍哩。你是吃了人家什么药了?黄主任骚情呢,你是不是也想沾点荤腥?看那狐狸精的一对骚眼,还一个劲地给你放电哩。你拿死鱼眼睛,也一个劲地给人家乱翻白呢,都不怕把眼珠子翻掉出来。哼,还哄我呢。

一直视忆秦娥为"眼中钉肉中刺"的楚嘉禾,也是百般设计陷害忆秦娥,这些莫须有的流言给忆秦娥造成了极大的伤害。当忆秦娥刚刚风生水起的时候,楚嘉禾不仅挖门盗洞走关系和忆秦娥抢戏,还旧事重提,散布忆秦娥当年在县剧团被伙夫糟蹋的谣诼,楚嘉禾母女"分析了自己的长短,又开始分析忆秦娥的短长。分析着分析着,她就说到了忆秦娥在宁州剧团,被老炊事员廖耀辉强奸的事。她妈妈腾地从床上坐了起来。'我咋忘了这一出呢?这可是个硬伤啊!搞不好,名气越大,越臭气熏天呢。'"[1]

二、秦腔中的"历史志"

如果说陈彦的上一部小说《装台》是直接切入当下的现实生活的话,那么《主角》则是纵向介入当代中国的历史,试图以一门传统曲艺的兴衰成败、以一个"角儿"的荣辱浮沉

---

[1] 陈彦:《主角(上)》,作家出版社,2018,第458页。

来讲述这几十年来的风云流转。在上下两册煌煌70万字中，处处可见当代中国的浮光掠影。忆秦娥的舅舅胡三元，仗着自己技高一筹，看不惯团里不以"业务至上"，看不上团里拍的"新戏"，凡此种种均属当时的"白专道路"：

开始忆秦娥还听她舅在反驳，说排练场纪律太不像话，简直像是过去逛庙会的。可终因寡不敌众，最后问题全集中在他身上了。有人揭发说，胡三元今天一进排练场，气就不顺，对排《大寨路上一家人》有意见呢。他发牢骚，说不该成天就排这号破戏。开排了，他又故意刁难演员，嫌没看他。你个敲鼓的，好好敲你的破鼓，凭啥演员开唱时，先看你的手势？你算老几？你以为你个敲鼓佬，就成"顶梁柱""白菜心"了？这是旧艺人、旧戏霸作风，早该扫进历史垃圾堆了。还有人批判地说："胡三元业务挂帅思想很严重，动不动就说大家是'烂竹根'，好像就他这一根竹子成器了似的。我们必须狠狠批判。要不然，大家就要被他塞到烟筒里抹黑了。"

她熟悉的声音里，胡彩香、米兰都没说话。她还生怕胡彩香说话了。胡老师不是口口声声要把她舅这个臭流氓送进公安局里去吗？这可是个大好机会呀！可胡老师一直没开口。会中间，黄主任好像还点了她的名字，叫她说几句，她说她牙痛，到底没说。米兰也没动静。

与当下写作流行的表现历史的强力与冷酷不同，陈彦虽

"总体性"叙述中的"秦腔"与"名伶"——读《主角》

然也会写历史的"暴风骤雨",写历史的"怪兽性"与"荒诞性",也会写大历史规约下的个体对"整齐划一"的历史运动的敬畏,但陈彦所着力之处不在历史的暴力与肆虐,他总是能发现历史强力扫荡后的人间暖情。这是历史无情之下的人间有情。

从"戏改"开始,陈彦一路写下去,写恢复传统曲目旧戏新排,写秦腔返璞归真后的辉煌,最后写到了商品经济浪潮中秦腔受到的鼓舞与冲击。以秦腔与忆秦娥在当代中国尤其是改革开放四十年来的低谷与高峰为线索,陈彦在小说中展现了当代中国历史变迁的自然过程,也事无巨细地呈现了日常的生活世界。我们从中可见,陈彦努力在将这四十年的历史"历史化",以一种进步或进化的历史意识去凝练、综合处理"大历史"中的个人与生活。

与《装台》的写法相比,《主角》是一种转变,是一种历史主义的写法。沈从文在《短篇小说》一文中曾经说过,如何将历史的变迁,尤其是大幅度的历史变化写入小说,"小说既以人事为经纬,举凡机智的说教,梦幻的抒情,一切有关人类向上的抽象原则的说明,都无不可以把它综合组织到一个故事发展中"[①]。学者姜涛对沈从文的"综合"之说有极富洞见的解释,"更进一步说,'综合'不只是一个文体自身的问题,更关系到主体状态的调整,关系到抒情之自

---

① 沈从文:《短篇小说》,《沈从文全集》第16卷,北岳文艺出版社,2002,第494页。

我能否在认识与实践的层面建立起更为有效的历史关联"①。沈从文的转变是从现代到当代的巨大转型，陈彦从《装台》到《主角》也发生了转变，但在如何理解当代中国尤其是改革开放四十年来的历史意识和具体的叙述策略上，对于其写作的智慧与技艺也是一个极大的挑战。除此之外，如何在写作主体、艺术人物和历史进程间建立有效的、复杂的历史关联，个体命运和传统曲艺在线性进步的历史进程中又处于何种位置、何种状态，都是一些极具挑战性的写作实践。

三、守正：传统精魂的复活

《主角》与当下的许多带有历史感、现实感的诸多小说相比，有一个很大的特点就是写得很"正"。这种"正"与陈彦对当代中国历史进程尤其是近四十年改革开放的"总体性"历史认识有关；同时这种"正"也与秦腔这种传统曲艺形式的特点有关。秦腔与大多数传统曲艺形式相近，均有其糟粕之处，但经"力除从前秦腔中荒唐怪诞及淫秽龌龊之积弊"后，秦腔渐呈"守正"之态势。陈彦认为：秦腔是"那种对大悲大苦的生存境遇的痛陈与宣泄，尽管秦腔也不乏戏剧闹剧，但主流仍是正剧悲剧。让观众感到透彻心胸的总是

---

① 姜涛：《"有情"的位置：再读沈从文的"土改书信"》，《文艺争鸣》2018年第10期。

"总体性"叙述中的"秦腔"与"名伶"——读《主角》

那些'苦情'戏"①。正如小说主角忆秦娥,她作为个体的命运始终是与这个时代紧密纠缠在一起的,尽管小说写到了她在成名之路上所付出的艰辛、遭受的屈辱,但与时下流行的"恶之花""失败者之歌"不同,这些悲苦终归没有压倒这位秦腔名角儿,忆秦娥与这个时代一同前行,走上了自己人生与艺术的高峰,体现了小说人物与时代之间的同构性和一致性。《主角》的"守正"之处还体现在其坚持文学作品之"高台教化"的功能,"民族戏曲始终有一个宗旨,那就是'高台教化'。民间把各种娱乐活动的功能其实是分得很清的,耍社火那就是耍,不要求你有啥'意思',而一旦唱戏,'没啥意思'就成了'糊弄人呢',因此对于戏曲的过分娱乐化追求是行不通的。传统经典曲目的形成过程,就是一个对受众有多少'教化作用'的筛选过程,更确切地说是一种艺术、思想、宗教、哲学的沉淀过程"②。忆秦娥的励志道路是一个最好的教化实例,她在成名之路上不争不抢,不用手段,不使心机;成名之后,面对诸多诱惑尤其面对商品经济浪潮之冲击,亦能泰然处之,淡然视之。

《主角》写秦腔在当代中国的兴衰成败,曲折反复。传统曲艺虽说要与时俱进,但终归还是要复归传统。小说中写道秦腔的当代复兴源于传统剧目的复活与新排。陈彦在小说中将这样一种传统精魂的复活道德化、伦理化了,表达了一种对于历史的道德主义理解,激活了传统文化中的道德资

---

① 陈彦:《说秦腔》,上海文艺出版社,2017,第114页。
② 陈彦:《说秦腔》,上海文艺出版社,2017,第124页。

源与伦理资源。正如忆秦娥在总结其艺术生涯时感慨的那样,"她老在想,当初忠、孝、仁、义四个老艺人,给她传道授业的要妙到底是什么?除了戏、技、艺之外,他们都爱讲的一句话就是:唱戏做人。人做不好,戏也会唱扯。即使没唱扯,观众也要把你扯烂的。她觉得这句话她受用了一辈子"①。这种"复活"传统的方式显然是有着明确的价值指向的。这种讲述与"内圣外王""中国传统的创造性转化"等诸多学说思路相近,试图以"思想文化"来解决时代病症、社会问题。传统曲艺和传统文化在现代社会中作为个体的兴趣、爱好乃至修养并无障碍,但是传统曲艺和传统文化作为一种被征用的总体性资源,其在现代社会中的命运与处境就会遇到诸多难题。陈彦也深知这种征用的困境,但似乎也难以找到其他的途径,只能以忆秦娥这位秦腔名伶的成功,搭建起传统与现代的历史性和现实性的关联。

---

① 陈彦:《主角(上)》,作家出版社,2018,第875页。

没有永恒的强者
——《白熊回家》读札

近年来，石一枫的创作一直有着明显的现实主义色彩，无论是《世间已无陈金芳》《地球之眼》，还是《心灵外史》《借命而生》均是关注现实的宏大叙事。石一枫特别擅长写小人物，尤其是大时代中的小人物。他认为："作家写小人物，有一个比较直接的原因——大部分作家都是普通人，没有机会接触到大人物，没见过的能写得像吗？当然，从文学的角度来讲，写好小人物更能体现文学的本质。普通读者看文学作品会有代入感，会觉得自己就是作品中的一个小人物。所以，关照小人物就是关照大众，符合文学规律。"① 仅仅是写小人物就实在太"小"了，这些小人物要体现大时代，解释大问题。石一枫特别擅长这种以小见大的写作方式，新近发表的《白熊回家》（《人民文学》2020年第6

---

① 石一枫：《尽职尽责写小人物》，《中国青年报》2020年2月28日。

期）虽说是童话，但也可见其主旨的宏大与深远。

一

《白熊回家》虽然说是一篇童话，但是读起来的感觉却不是那么"童话"的。或许这是我们阅读很多童话的感觉。在石一枫看来童话就是"学孩子说话，给孩子讲理"[①]。儿童学成人是白纸上作画，"大有作为"；成人模仿儿童，则是旧纸上作画，先要涂抹，然后创作。往往是旧痕难去，新迹不清。这层难度是在创作的思维与语言上。石一枫还谈到了第二层难度，童话到底要不要讲道理，要讲道理的话，怎么讲道理——

过去年代里的老先生们自有一种理直气壮，他们觉得有种"理"能跟全世界讲，当然也就能跟孩子讲。然而现在，还是那句话，谁配教育谁呀？反正我看好多微言大义的所谓警世恒言，都觉得那其实就是憋着坏毁孩子呢——他们那个"理"没准他们自己都未见得相信。那么索性不讲理了，耍着浑的岁月静好让世界充满爱？好像也不是那么回事儿。……儿童文学当然不是为了讲理，可要没点儿道理尤其是比较终极的道理撑着，也就不知道写它是为了什么了——当然

[①] 石一枫：《小孩儿说话不好学》，《人民文学》公众号2020年6月17日。

没有永恒的强者——《白熊回家》读札

也许又是我"想多了"。①

石一枫对童话写作的理解和他小说创作的理念是一致的，童话要有关怀，要有现实感，甚至是一些"终极的道理"与关怀，不需要那些岁月静好似的心灵鸡汤。这里也涉及石一枫在创作中讲道理的姿态与视角，就是那种既不"理直气壮"，也不"岁月静好"，尽可能直面复杂的现实和惨淡的人生。有些童话是给儿童看的，而有些童话的阅读范围显然是不限于儿童，成人也是可以阅读的，有的甚至主要针对成人阅读的。《白熊回家》这篇童话似乎介于儿童与成人之间。

人以群分，物以类聚。《白熊回家》中的北极熊也分群——顺毛熊族和立耳熊族。同是白熊，之所以分做两群，一个是因为生理差别，各自寻找认同感，从而结群；另一个原因是生存资源紧张，人多力量大，团结起来才能更好地生存。资源的有限性决定了两群白熊争夺资源的必然性，两群熊是先打后谈，最后以协议的方式（"冰洞议和"）决定了分配和享用资源的一系列问题。协议达成容易，撕毁也简单。如何巩固胜利果实，白熊也充分借鉴了历史经验。它们在两群熊中进行"通婚"。石一枫虽然是在写童话，写在遥远北极的白熊，但我们回溯历史和触目现实，会发现《白熊回家》有极强的历史感和现实感。一个作家只要有了成熟而

---

① 石一枫：《小孩儿说话不好学》，《人民文学》公众号2020年6月17日。

稳定的文学观，那么无论是写小说，还是写童话，这种观念自然都会渗透其中。石一枫在反思自己的写作转变时，清晰表达了自己的一部分文学观："像很多年轻的朋友一样，我最初开始写作也是因为迷恋于自我表达，顶多是迷恋于为和自己相类似的同龄人做出自我表达。那时在写作的潜意识里，仿佛只有'我'和'我们'才是无比独特的，才是配得上千言万语和大书特书的。而现在看来，这种心态又是多么幼稚和矫情，而且本质上是自私和自以为是的。随着年龄的增长，我逐渐明白了比起'写什么'和'怎么写'，更加重要的问题是'为什么而写'。关注更加广泛更加复杂的生活，体会与我貌似不同但又无法割裂的人们的所思所感，进而尝试着对今天中国人的生活境遇做出具有整体意识的剖析，成为在我看来更有意义的事情，而这也是一个正在走向成熟的作家所应担负的责任。比之于自己的故事，别人的故事当然没那么容易讲好，比之于单纯地讲故事，说出故事背后的世道人心则需要付出更多的艰辛，但与困难和挑战同在的，正是时代为我们提供的丰厚的写作资源。"[1]从迷恋"我"和"我们"的独特性到关注"更加广阔更加复杂的生活"是近年来石一枫小说的一个主要基调。是否"更加广阔更加复杂的生活"就比"我"和"我们"更有意义，我们暂且不论，至少这种明晰而强烈的现实关怀与"介入"的文学观和写作姿态，也影响到了《白熊回家》的创作，这

---

[1] 石一枫：《为什么而写作》，《文艺报》2018年5月15日。

没有永恒的强者——《白熊回家》读札

也是《白熊回家》不那么"童话"的一个原因。当然，介入现实的写作，与其自身的写作目的设定一样，在直面"广阔而复杂的"现实生活时，同样会遇到广阔而复杂的难题，如何处理和回避这些难题，对作家的写作智慧也是一个不小的挑战。这时，"童话"也就可能成为一种别有幽怀的写作策略。

二

白熊顾名思义一定要"白"，但顺毛熊族却偏偏生了一个"黑"熊。借用福柯的"不正常的人"的说法，这是一个"不正常的白熊"。这个小黑熊，给两群白熊都带来了不小的惊动。小黑熊让顺毛熊族错愕，因为他顺理成章就会成为顺毛熊族的酋长位子的接班人，但肤色的不正常对他作为"白熊"的合法性提出了严峻的挑战，一头"黑熊"如何能统领一群"白熊"，"照理说，酋长的位子要传给熊大掌，这是没问题的，但熊大掌老了之后，难道要让那只黑黑的小熊当酋长吗？这可是历史上没有过的事情。对于他来说，历史上没有的事儿，基本不是好事儿。于是他做了个决定：熊大掌还是可以继承酋长的位子，但他要把王位传给熊大胖的儿子，那个胖乎乎的熊嘟嘟。熊嘟嘟胖归胖，可毕竟是一只货真价实的白熊嘛"。顺毛熊族这个群体类似于一个"超稳定结构"，在这样的结构中，稳定、秩序是最重要的，一切

109

异质性的内容和形式都会受到排斥，正如熊短尾所言的那样"历史上没有的事儿，基本不是好事儿"。从熊短尾到熊大掌再到熊小黑的权力接续顺序，因为熊小黑的"黑"而被改为了熊嘟嘟，虽然熊嘟嘟又胖又贪吃，但他"白"。在此，"白"既是一种外在的颜色标志，同时也是一种内在的血统的纯正。"白"作为一种肉体上的颜色，替代了包含颜色以及身体素质、智力水准等丰富内容的身体。对此，福柯在《不正常的人》中有过精彩的分析："我认为，这就是权力的新技术的相关产物。我想向你们指出的，正是这种把身体当作肉体的评价，它同时也是把身体贬低为肉体；通过肉体使身体感到有罪，它同时也是针对身体的话语和对它进行分析调查的可能性；它既确定了身体中的过错，又确定了把这个身体对象化为肉体的可能性——这一切都与人们所说的新的审查程序相关。"①熊小黑因为身体上的"不正常"，他的其他优势都被搁置了。而这些被搁置的优势，恰恰是他后续用来拯救整个白熊家族的武器。肉体上不纯正带来的负罪感，也让熊小黑在顺毛熊族中受到排斥和讥讽，小熊们抓不到鱼的原因也被归结到了熊小黑的肉体上来，熊大胖说："凭你的颜色不对嘛！你想，为什么我们一吹气，鱼就游过来？因为我们都是白的，可你呢，浑身黑不溜秋，鱼一眼就发现你啦，当然就不游过来了。"而立耳熊族则视熊小黑为"怪物""妖孽""不祥之兆"，主张处死熊小黑。面对各

---

① 福柯：《不正常的人》，钱瀚译，上海人民出版社，2010，第166–167页。

种莫名的指责与攻击，熊小黑都默认下来。而这种对于肉体上缺陷的默认与沉默，让这种贬抑性的歧视慢慢成为一种规则与机制，正如福柯所言"从来都是在与这种或那种强制坦白的技术的关系上，首要的和根本的是这种强迫坦白的权力程序。正是围绕着这个必须进行定位并观察其经济学的程序，沉默的规则才能运转"①。熊小黑身上有极强的反思能力和反抗性，但他为什么没有对其他白熊的排斥与指责进行反驳，不是因为他认为其他白熊的做法是对的，而是因为在一个正常的、稳定的"超稳定结构"中，这种沉默或者默认已经成为一种规则，这个规则维持着白熊群体的正常运转。在稳定的秩序中，熊小黑的反思能力与反抗性能力均无用武之地，因为这个秩序超级稳定，十分强大。熊小黑的异质性禀赋，只能在白熊族群被捕猎者抓走后，才能发挥出来。因为捕猎者的出现打破了白熊家族的"超稳定结构"，既有的秩序被破坏了，"沉默的规则"失效，已经不能再自主运转。熊小黑的身体优势才得以充分显示出来。

熊小黑有异相，其身上也有一些与顺毛熊族异质性的禀赋。熊小黑不仅聪慧，而且特别擅长追根究底，对一些常识和稳定性的、秩序性的内容有着一种极强的反思能力。捕鱼和打架是白熊必须具备的两个本领。熊大掌教小白熊们打架，熊小黑却能对这个一直延续下来的技能有一个反思性的追问："你说为什么非得学打架呢？打架之前，总得先弄明

---

① 福柯：《不正常的人》，钱瀚译，上海人民出版社，2010，第166-167页。

白和谁打架吧？成天打，不是打海豹就是打熊，难道就不能平心静气地聊聊天、谈谈心吗？谁都不喜欢打架，一打就头破血流，为什么就不能讲理呢？"熊小黑的异质性禀赋还表现在他对人类文明的敏感和学习上，他和顺毛熊族的大学者熊诗人很快就学会了人类的文字。在学会了文字之后，熊小黑也走进了熊诗人用文字记录的顺毛熊族的历史。熊诗人从"冰上画着许多小虫子"中，找到了熊小黑的太爷爷的名字——熊獠牙。熊小黑的爷爷熊短尾都已经记不住自己父亲的名字了。熊小黑在此刻延续上了自己族群的历史，用熊獠牙将顺毛熊族的历史重新连接起来。文字记录下的顺毛熊族的历史，不仅有光荣岁月，也有苦难历程。熊诗人告诉熊小黑，人类世界即那个"遥远的世界是最邪恶的地方"。熊诗人现身说法"拨开脖子上的毛，露出一个拴在绳子上的小金属片，和金属片挂在一起的还有三个绿色的塑料球。熊小黑知道，这种东西只能来自遥远的世界。他掀起那个小牌，认得上面的文字，写的是'白熊2号，雄性，××年购入'"。与熊诗人一起关在笼子里的还有白熊1号，他在逃跑时被车撞死了。熊诗人幸运地逃脱出来。

熊小黑身上异于其他白熊的资质在面对异质性的人类文明之时已然显露出来。他不仅用这些文字了解了自己族群的历史，也因文字开启了与那个遥远的世界的人类的"遭遇"。他用人类的文明与人类的邪恶以及同类（熊独眼）的邪恶抗争。

三

在《白熊回家》中，不断出现和"遥远的世界"人类相关的各种知识和文明。不仅善良敦厚的熊小黑学习运用这些知识和文明；邪恶奸诈的熊独眼也学会了利用这些知识和文明为自己服务。

熊小黑在和熊诗人学习"遥远的世界"的文字的时候，就曾问过熊诗人，为何要学习这些对白熊没有用的文字？熊诗人的回答是"为什么学？因为太无聊啦。在这白茫茫不见一个活物的冰原上，成天除了吃就是睡，都快闷死了。这个时候还管什么有用没用？能打发时间就是有用"。熊诗人是以一种纯粹学术的态度对待人类的知识和文明，这种精神上的追求，自然会慰藉他的无聊，给他一种精神上的享受。而熊小黑和熊独眼则不是以纯粹学术的态度对待人类的知识和文明。他们是在利用这些既有的知识和文明来改造世界和彼此。记得有位哲学家说过，没有错误的思想，只有用错地方的思想。知识和文明仅限定在学术和精神层面，它就只是一种智力的游戏与探索。但是涉及"用"这些知识和文明，自然就要与世界、他人发生关系，这里面就触及知识和文明的伦理问题。熊独眼利用自己的学习能力，掌握了人类的一些知识和文明，比如他利用知识塑造自己的"伟大正确"和"英雄形象"，他利用由此积攒起来的权威，全面借鉴"遥远的世界"的管理经验，用精细的管理手段，把企鹅群体管理得老老实实，任劳任怨地为白熊服务——

小言杂谈

企鹅们解释说，原来白熊大人们到来以后，引进了一种新的东西，就是钱。所谓的钱，就是一种在冰箱里挖出的贝壳，用钱可以买到一切东西。可是白熊大人们给企鹅规定的工资非常低，一只企鹅辛辛苦苦干一天的活儿，只能拿到一个贝壳，而白熊们一天可以拿到一百个贝壳。独眼大元帅解释说，这是因为分工不同，企鹅们从事的都是一些低级劳动，无非是搬运工和制造工而已，创造不出多大的财富，所以工资当然低；而白熊们从事的工作，都是社会管理、工厂经营和维持治安，这些都是高级工种，拿的工资当然要比企鹅多得多了。

——《白熊回家》

从本性上来说，企鹅一定不情愿接受这种不平等的状况。但是，企鹅没有反抗这种不平等的能力。因为熊独眼不仅掌握着"解释世界"的权力，还掌握着"改变世界"的能力。尽管如此，熊独眼也深知，要想企鹅对于不平等的状况心悦诚服地接受，除了用强力管理他们的身体之外，还需要通过对他们进行"教育"，用"知识"讲道理，征服他们的思想——

"白熊给企鹅带来了文明。在白熊大驾光临之前，企鹅根本不知道贝壳钱币。而现在，企鹅可以用贝壳钱币去买冰船、冰桌子、冰椅子、冰餐具，甚至还能买一间冰房子。"

没有永恒的强者——《白熊回家》读札

在企鹅学校里，熊独眼给企鹅们讲这样的历史。

类似的历史还有："白熊给企鹅带来了秩序。在白熊大驾光临之前，企鹅只会乱哄哄地吃喝争斗，而现在，他们井然有序。"

——《白熊回家》

诸如上述的教育形式还有不少，就不在此大段引述了，比如是白熊给企鹅带来了"爱"，企鹅之所以过不上好的生活就是因为自己不努力，等等。熊独眼深谙知识和文明在维持现实秩序中的重要作用，因此，他才通过学校不断地、反复地对企鹅进行"教育"。套用福柯的说法，这些知识都是一些"屈服的知识"，在这些"知识"里，没有反思，更没有反抗。这些"屈服的知识"在企鹅的学校里不断重复，"知识"渐渐成为了常识乃至真理。企鹅们面对真理只有认可与服从，因为他们没有学习到对真理进行反思的知识。这正是熊独眼的目的所在，也是他用来维护白熊及其自身权力的一种重要形式。对于这样一种运作方式，福柯的分析极为精辟："应该承认，我们被权力强迫着生产真理，权力为了运转而需要这种真理；我们必须说出真理，我们被迫、被罚去承认真理或寻找真理。……至少在某一个方面，是真理话语起决定作用；它自身传播、推动权力的效力。总之，根据拥有权力的特殊效力的真理话语，我们被判决、被罚、被归类，被迫去完成某些任务，把自己献给某种生活方式或某种

小言杂谈

死亡方式。"①

四

《白熊回家》延续了石一枫一直以来的创作题材——善于触及宏大话题。当白熊们被人类猎捕准备送到动物园时，一些白熊觉得动物园挺好的，有吃有喝；一些白熊虽说认为关在笼子里不好，但无力反抗，也只好认命。是否把真相告诉白熊们，熊小黑也犹豫不决，他"叹了口气，怀疑自己把这个消息告诉大家究竟是对还是错。眼看天要亮了，上面的甲板已经传来了开门的声音，小熊们只好对大家说再见，离开这里"。

熊小黑用自己的智慧，联合顺毛熊族、企鹅，战胜了"邪恶"的人类、翼手龙和熊独眼的"白熊帝国"，带领白熊重新回到家园。在这个星球上，人类一直以为自己是最具智慧的，其他生物在智慧上都是低等的，但熊小黑等白熊能像人类一样学习知识、创造文明，这给研究动物界多年的科学家煤球老爹带来了极大的冲击和震撼。白熊智慧能力的提高，一定会挑战人类的生存环境。人类也会清除对自身构成威胁的白熊、企鹅。实力均衡的两种智慧势必要发生冲突。煤球老爹为了白熊、企鹅和人类的和谐，他封存了这个

---

① 福柯：《必须保卫社会》，钱瀚译，上海人民出版社，2010，第18页。

发现。煤球老爹的举动，其实触及科学伦理的问题。从克隆技术到人工智能再到外星文明，科学对于自然世界和自身的研究均在不断深入。在这个不断深入的过程中，一些科学研究也在逼近或突破人类伦理的底线，对于这样的"逾越"我们现在也很难判断是福是祸以及最后会给人类带来什么。煤球老爹看似保守的决定，或许对于人类来说是一个不错的选择。在这里面，石一枫对一种内在的人类中心主义以及人类对于自身智慧的过度自信进行了批判与反思。石一枫的创作特别擅长"在神性圣坛的阴影下，我们看到了文明时代更多兽性泥淖中的挣扎，并生发出难以挣脱的无力和巨大悲哀来"[①]。当然，石一枫的这种批判与反思显然是站在"天人合一"的立场上进行的，煤球老爹最后的感言表达了人类与动物的和解："我也应该感谢你呢，是你教会了我人类并不应该只会研究动物，还应该为他们着想，因为人类自己也是一种动物，他们和地球上的所有生命一样，都需要别人的尊重。"熊小黑一路过关斩将，不仅打败"敌人"，还"化敌为友"（"邪恶"的人类和空中的恶魔翼手龙）。而现实的世界是否按照如此的价值观和规则进行共处，从敌对到友谊是否如此坚定，我们暂且不论。至少在此我们可以看到《白熊回家》作为"典型童话"的一面了。

石一枫之所以比较擅长宏大叙事或者是从宏大的视角讲述小人物的命运，这或许与他的"大院"经历有关。尽管他

[①] 董晓可：《"肉身"书写的当下表达及远途之思——从《极花》等六部作品说开去》，《文艺争鸣》2020年第6期。

说，自己对"大院文化"并没有明确的感受，但那种耳濡目染还是存在的。他在《我眼中的"大院文化"》一文中的一段对崔健的分析，似乎可以表明他和"大院文化"的关系——

  作为一个摇滚乐手，他倒是保持了强烈的愤怒和"斗争精神"。在大批国外的经典乐队都贴着"环保"和"反战"的标签，将以前的口号变成开演唱会的幌子的时候，崔健的新作品就更表现出可贵的现实关怀了。只是，他虽然越来越注重音乐手段的丰富化，但整个创作历程却仍然没有跳出过去的路子，也就是"政治抒情诗"。更有趣的一个发现在于，假如将崔健的"政治抒情诗"和更早之前的"政治抒情诗"（如郭小川和艾青的诗歌），做一下对比，会发现他们的诉求虽然不一样，但本质上仍是属于同一种性质的思考世界的方式。①

  "大院文化"在语言上对石一枫也有影响，"顽主"式的语言在《白熊回家》中偶尔也"灵光乍现"一下。在熊小黑的反思性的语言中，就存在对权威的挑战和玩世不恭的味道。同时，熊小黑身上也有着强烈的"个人英雄主义"，而这在一些大院子弟的身上也可见到。

  石一枫的创作经历了一个转变，"在脱离'顽主腔'之后，他的小说基本是在'帮闲腔'与'圣徒腔'之间的摇摆

---

  ① 石一枫：《我眼中的"大院文化"》，《艺术评论》2010年第12期。

回旋，这也使得他的叙述口吻从容自如，说帮闲虽油腔滑调却不流于虚无，谈道德虽一本正经也能亲切自然"①。《白熊回家》的结构大致是从战斗到和谈，再由分化走向团结，直至最终实现了和解。

  这样的结构与结局使我们看到了《白熊回家》作为"典型童话"的文化基调的同时，也看到了作品在两种腔调之间的游移与摇摆。石一枫的这种游移与摇摆也体现了"70后"作家的一部分整体风貌，"'70后'隐约的历史记忆，使他们不得不更多地面对个人的心理现实——因为他们无家可归。但是，他们在矛盾、迷蒙和犹疑不决之间，却无意间形成了关于'70后'文学与心路的轨迹"②。

---

  ① 王晴飞：《顽主·帮闲·圣徒——论石一枫的小说世界》，《当代作家评论》2017年第3期。
  ② 孟繁华、张清华：《"70后"的身份迷失与文学处境》，《文艺争鸣》2014年第8期。

小言杂谈

"跟跟派"与"政治的玄学"
——重读高晓声"陈奂生系列小说"

一

在高晓声的创作中，产生影响最大的恐怕要算是"陈奂生系列小说"了。这个系列小说主要写的就是农村、农业和农民的生活以及他们在历史风云与日常生活中遭遇的困境。这些问题，在20世纪90年代以后逐渐成为社会学界高度关注的"三农问题"。除了"陈奂生系列小说"之外，高晓声也写过这类题材的小说，但影响均不及"陈奂生系列小说"大。高晓声写这类小说，可算得上是本色写作，用他自己的话说"我全家都是农民"——

别人说我对农村生活比较熟悉，这倒是实话，我从小在农村，五十二年有四十五年在农村，从来没有熟悉过城市，读书时寒暑假都回家，参加工作以后又下乡搞土改，到农村

"跟跟派"与"政治的玄学"——重读高晓声"陈奂生系列小说"

做宣传工作。五七年打下去，我是遣回老家去的，这比其他人到农场、到劳改队好多了。……因为我全家都是农民，一个政策下来，农民在考虑什么，我也在考虑什么。农民饿肚子，我也饿肚子。我同农民基本上处在一个地位上，喜怒哀乐自然也就一致了，所以后来写东西，一开始想到的是"吃""住"，因为这是在农村最迫切的问题。这么多年在农村，我和农民是有感情的。[①]

高晓声的这个自述，至少可以让我们理解高晓声创作的基本立场，他是站在农民的立场上写农村、写农民的；同时，我们也能看出高晓声在身份认同上也是乐于做一个农民的。但紧接着高晓声说，我"从来没有熟悉过城市"。这个说法在意料之中，因为五十二岁的高晓声有四十五年生活在农村，不熟悉城市的生活再正常不过了。但高晓声的"从来没有熟悉过城市"的说法，也值得玩味。如果前者说的"四十五年"是确认一个事实的话，那么后者"从来没熟悉"就分明带有一点儿不以为然的味道了。高晓声的这个说法与沈从文自诩为"乡下人"有异曲同工之处。沈从文说："我人来到城市五六十年，始终还是个乡下人，不习惯城市生活，苦苦怀念我家乡那条沅水和水边的人们，我感情同他们不可分。虽然也写都市生活，写城市各阶层人，但对我自己的作品，我比较喜爱的还是那些描写我家乡水边人的哀乐

[①] 高晓声：《生活、目的和技巧》，王彬彬编：《高晓声研究资料》，人民文学出版社，2016，第366页。

故事。因此我被称为乡土作家。"普通人都会对故乡有感情，即使念兹在兹也不足为过。但是，如此看重乡土，而轻视城市，就应该有些原因了。在一个作家的创作中，哪类小说影响大，作家在自述或创作谈之类的文字中，自然会多谈及与之相关的内容，这也在情理之中。同时，在中国现当代文学中，乡土文学一直是一个大宗，尤其是在新中国成立后，农村题材的小说更是主流，而且在"价值"与"正确性"上有着天然的优势。高晓声的"从来没有熟悉过城市"或许与这些情形有关。高晓声说"我和农民基本上处在一个地位上""我和农民是有感情的"。我们可以看到，高晓声这么讲，一方面道出了他与农民之间的紧密联系，四十五年的农村生活铸就了他与农村、农民之间的血肉联系；但我们从另一方面琢磨，也可看出高晓声与农民之间的"距离"，说到底高晓声不是农民，他更多的是把自己当作农民。当然，这点"距离"并不影响高晓声与农村、农民之间的联系。

二

　　高晓声的《李顺大造屋》应该算是"陈奂生系列小说"的前史，没有"李顺大"，就不会有"陈奂生"；没有"造屋"，就不会有"漏斗户"主，更不会有后来陈奂生的"上城""转业""包产""战术""种田大户""出国"等一

"跟跟派"与"政治的玄学"——重读高晓声"陈奂生系列小说"

系列变化与遭遇。这些看似是陈奂生个人轨迹和生活内容的变化,实质上都是与当代中国历史进步和社会发展同步的结果。陈奂生个人命运的变化早已被限定在当代中国历史变革的逻辑链条之中了。将自己的叙述与历史变革的逻辑勾连起来,既构成了高晓声创作的特色,也为其创作开拓了广阔的叙述空间,"在这里,高晓声还确立了他透视陈奂生的视角:将陈奂生的生存方式、精神特征与日益变化的经济生活密切联系起来,这为高晓声后来续写陈奂生提供了一个融历史与现实为一体的生存空间"①。

李顺大生在旧社会,遭遇凄惨,先是自家的渔船被大雪压坏,父母和小弟脱险上岸,却冻死在风雪之夜,李顺大和妹妹因为拾荒换破烂躲过一劫。父母、小弟之所以丧失性命,就是因为没有自己的房子,自此,李顺大立志要盖起自己的房子来:"老一辈的种田人总说,吃三年薄粥,买一头黄牛。说来似乎容易,做到就很不简单了。试想,三年中连饭都舍不得吃……如果本来就吃不起饭,那还有什么好节省的呢!李顺大从前就是这种样子,所以,在解放前,他并没有做买牛的梦。可是,土地改革以后却立了志愿,要用'吃三年薄粥,买一头黄牛'的精神,造三间屋。"②我们常说,不要常立志而要立长志,李顺大也深知这个道理,但结果却

---

① 王尧:《"陈奂生战术":高晓声的创造与缺失——重读"陈奂生系列小说"札记》,《小说评论》1996年第1期。
② 高晓声:《李顺大造屋》,《高晓声文集短篇小说卷》,作家出版社,2001,第29页。

事与愿违，李顺大倒是常立志。这倒不是因为李顺大懒惰，而是因为李顺大的"个人理想"常常被"历史风云"眷顾所致。在"历史风云"面前，无论是李顺大，还是后来的陈奂生都是一个"跟跟派"，"李顺大终究不是革命家，他不过是一个跟跟派。听毛主席话，跟共产党走，能坚决做到，而且完全落实，随便哪个党员讲一句，对他都是命令"。作为一个"跟跟派"李顺大在大的历史方向上没有选择错，如果不是有土改，不是"走进"新中国，他根本不会立志造屋，后来的陈奂生也不会"摘帽"，也不会"上城"，更不会出国。他们紧跟历史的步伐，受惠于历史的进步；但有的时候，历史的发展并不是一帆风顺的，"历史风云"有时候也会无情地扫过个人的"角落"。李顺大一次次攒够了三间房的材料，但都因为历史的问题无功而返，倒是建筑学的知识已然"登峰造极"。李顺大成了纸上谈兵的造屋能手，也可算是一个极大的反讽。

　　从《"漏斗户"主》到《出国》，陈奂生的个人命运因为历史的变革而发生了巨大的改变，从"摘帽"到出国，可谓天翻地覆。陈奂生是个地道的中国农民，勤劳本分，过日子也是善于开源节流，精打细算，这让陈奂生对"计算"和数字特别敏感。陈奂生算的账，有小有大，小的关乎自己能否吃饱肚子，大的关乎历史社会。在高晓声的叙述中，陈奂生"计算"得更多的是"小账"——

　　　　啃完饼，想想又肉痛起来，究竟是五元钱哪！他昨晚

"跟跟派"与"政治的玄学"——重读高晓声"陈奂生系列小说"

上在百货店看中的帽子,实实在在是二元五一顶,为什么睡一夜要出两顶帽钱呢?连沈万山都要住穷的,他一个农业社员,去年公分单价七角,因一夜做七天还要倒贴一角,这不是开了大玩笑!从昨半夜到现在,总共不过七八个钟头,几乎一个钟头要做一天工,贵死人!①

工资是一小时一小时计算的。最低四元一小时……算得陈奂生的屁股坐不住,听说一块值人民币五元,四元就变二十,一天干四小时就是八十,一个月下来两千四百,乖乖,发财真不难。陈奂生平生不是没有发财机会,只是脑筋死,都错过。现在已过去一个多月,损失已达两三千元,再不抓紧时机,便又要错过,这大概也是最后一次机会了,错过后只怕永不再来。②

高晓声的这些"小账"从借粮时开始算,到种田时也算,出国了还在继续算。关于高晓声的"算账",王彬彬有过精彩的分析:"只有全部心思都集中在粮食上的人,才能把粮食账算得如此精细。高晓声以这种方式,精确地揭示了陈奂生的心理状态,也以这种方式准确地控诉了那个荒谬而残酷的年代。"③陈奂生如此会算,算得这么精细,归根结底还是因为匮乏。从缺粮到缺材料,从农业到工业,在陈奂生

---

① 高晓声:《陈奂生上城》,《高晓声文集短篇小说卷》,作家出版社,2001,第186页。
② 高晓声:《出国》,《高晓声小说选》,江苏文艺出版社,2009,第423页。
③ 王彬彬:《高晓声:用算盘写作的作家》,《小说评论》2011年第3期。

小言杂谈

的记忆里，匮乏像是一种常态。时间久了，作为事实的匮乏慢慢退去，但是作为生理记忆和心理记忆的匮乏却根植于陈奂生的血液里，以至于陈奂生出国了仍不知道享受，反而开始打工赚钱了。

从个人的素质来说，陈奂生凭着自身的本事应该能过上不错的生活，但是，数次政治运动让陈奂生难以施展拳脚，只能是为吃饱饭奔波。高晓声在心里当然清楚为何陈奂生有这般的处境，但是他在叙述时往往不会直奔主题，而是通过摆事实，算生活的"小账"的方式让读者看到陈奂生窘迫的生活状况。这既是高晓声在"陈奂生系列小说"创作中展现出来的写实主义或现实主义精神的一面；同时，也体现了高晓声在创作中时刻把握叙述尺度，谨小慎微的一面。但有的时候，高晓声也会从谨小慎微中露出越轨的笔调——

陈奂生却又着实不满，大家明明知道，双季稻的出米率比粳稻低百分之五十，为什么从来没有一个人替农民算这笔账。他陈奂生亏粮十年，至今细细算也只亏了一千三百五十九斤。如果加上由于挨饿节省的粮食也算这个数字，一共亏了二千七百一十八斤。以三七折计算，折成成品粮一千九百零二斤六两。可是十年中称回双季稻六千斤，按出米率低百分之七点五计算，就少吃了四百五十斤大米。占了总亏粮数的百分之二十三。难道连这一点都还不能改变吗？[1]

---

[1] 高晓声：《"漏斗户"主》，《高晓声文集短篇小说卷》，作家出版社，2001，第59–60页。

"跟跟派"与"政治的玄学"——重读高晓声"陈奂生系列小说"

高晓声在此算的不再是"小账",而是指向历史发展的"大账",他要追问为何陈奂生会如此这般?但是,在高晓声的"陈奂生系列小说"的创作中,对于直面问题的"大账"也只是偶尔提及,很快就点到为止了,基本没有追根究底。在追问这些"大账"的时候,高晓声的态度是暧昧的,也是矛盾的。不深究,就无法说明陈奂生何以在三十多年的历史中,一直那么窘迫;太深究,又怕触碰禁忌,重蹈历史的覆辙,所以只能是"犹抱琵琶半遮面"欲说还休。

有人说,《李顺大造屋》,写一个贫苦农民,解放以后就想造三间屋,结果三十年都没有造成,到"四人帮"粉碎以后,才算有了基础,新屋在望了。

这种说法,不够全面。《李顺大造屋》牵涉的历史,不光是解放以后的三十年,还有解放以前的十多年。这一点很重要。光看三十年,不再上溯到四十年、五十年……一百年……是绝对不行的。那就不会懂得解放的伟大意义,就不能理解新旧社会的本质区别,就不会看到中国农民的来龙去脉。……然后,自然而然地引导到李顺大的造屋思想,只有到解放以后才能产生。从精神的突变反映社会基础的突变,这是历史的真实,无须多加斧凿,已经把我的意思说清楚了。[①]

[①] 高晓声:《〈李顺大造屋〉始末》,王彬彬编:《高晓声研究资料》,人民文学出版社,2016,第358-359页、第364-365页。

小言杂谈

　　高晓声的这番现身说法或是创作谈，无非就是要澄清一些读者的误解与误读。他要限定读者解读《李顺大造屋》的方向与范围，同时也要稀释《李顺大造屋》对于历史与现实的批判力度。高晓声在处理"陈奂生系列小说"时，流露出的矛盾与暧昧之处就在于，他既要站在陈奂生们（农民）的立场上对造成他们命运的历史与现实进行追问，同时，也不愿意与被追问的历史与现实形成一种高度紧张的关系。高晓声在批判历史与现实的同时，还试图并实现了与之进行和解，"有人认为雄说最后一段，是作者有意写了一个光明的尾巴。这个说法是不对的……我本想让读者看完这篇小说之后，能够想到：我们的国家，在共产党的领导下，只有让九亿农民有了足够的觉悟，足够的文化科学知识，足够的现代办事能力，使他们不仅有当国家主人翁的思想而且确实有当主人翁的本领，我们的社会主义事业才会立于不败之地，我们的四化建设才会迅猛前进。如果我的小说不能引导读者去想到这一点，那么，小说的缺陷就是严重的了"[①]。高晓声在创作谈中表现出来的姿态是试图在有限的批判与全面的和解之间保持一个微妙的平衡，把握好批判的尺度与限度。这既是高晓声的智慧所在同时也是他对既往遭遇心有余悸的表现，"复出后的高晓声，一直是心有余悸的。他要以小说的方式表现二十多年间在农村的所见、所感、所思，他要替农

[①] 高晓声：《〈李顺大造屋〉始末》，王彬彬编：《高晓声研究资料》，人民文学出版社，2016，第358—359页、第364—365页。

"跟跟派"与"政治的玄学"——重读高晓声"陈奂生系列小说"

民'叹苦经',……但又担心再次因此获祸,担心自身的灾难刚去而复返。这样,高晓声便必须精心选择一种方式,他希望这种方式既能保证作品的安全和他自身的安全,又能在一定程度上抒发自己心中的积郁"①。

三

高晓声的"陈奂生系列小说"写农村、写农民,陈奂生成了中国农民的典型形象。在20世纪中国文学史上,乡土文学一直以来都是主要潮流,许多作家在这个主潮中倾注了不少的笔墨,农民也是这个主潮中主要的叙述对象。因此,我们看到高晓声就会想起赵树理、鲁迅;读到陈奂生自然会想起阿Q。已有一些学者将高晓声与赵树理、鲁迅,将陈奂生与阿Q进行比较研究。这固然说明了高晓声与20世纪乡土文学尤其是鲁迅之间的关联,但是,高晓声在诸多创作谈中均对这种关联持有一种审慎的态度:"五七年打下去后书读得很少了。有人说我的小说很像鲁迅小说,其实鲁迅小说我有二十年没有读了,我说的情况就是这样。"②高晓声说他二十年没有读鲁迅了,这里有这样几层意思:一是陈述事实,政治运动中确实没有读鲁迅;二是对伟大的作家有"影响的焦

---

① 王彬彬:《高晓声与高晓声研究》,《扬子江评论》2015年第2期。
② 高晓声:《生活、目的和技巧》,王彬彬编:《高晓声研究资料》,人民文学出版社,2016,第367页。

虑"，不愿提及自己的"师承"与"传统"；三是确实自己的创作没有怎么受到鲁迅的影响。高晓声在创作谈中，不断谈及的是中国古典小说对他的影响，如《三国演义》《说唐》《聊斋志异》《红楼梦》等。就此，我们基本可以认为高晓声因为"影响的焦虑"而回避鲁迅对自己的影响，这个可能性不大。其余两层意思倒是很有可能。我们仔细分析陈奂生这个人物形象，也会发现他与鲁迅笔下的阿Q有关联，或许他们之间的差异更大。因为，高晓声与鲁迅面对乡土中国、面对中国农民的立场与视角是不同的。鲁迅对于乡土中国、中国农民更多的是一个批判性、反思性的审视视角，而高晓声虽然也有反思与批判，但无论是在力度上还是在范围上均与鲁迅有较大的差异。高晓声在斯坦福大学的一次讲演中，比较系统地阐述了他对中国农民的看法，其中也涉及他对鲁迅的"国民性"批判的看法——

对于中国农民灵魂有透彻理解的作家，文学史上不光有鲁迅，还有写《聊斋志异》的蒲松龄，……蒲松龄对农民有深刻认识，第一他看到农民有很大的力量；第二看到了饥民造反最后必然会失败；第三则看到农民这股力量常常被人们利用达到某种目的。这些观点是被古往今来的历史一再证实的，农民的脖子上一向套着这么一条绞索。

应该说，是从鲁迅开始，中国作家才努力去关心和认识作为母体的农民灵魂。这是个全新的开端，和过去的小说截然不同。但是，后来我们沿着这条路走下去，并不算顺利。

"跟跟派"与"政治的玄学"——重读高晓声"陈奂生系列小说"

我们不幸竟拜倒在农民的脚下，只看到他们伟大的一面，即所谓革命的主力军、工人阶级的天然同盟，很了不起，我们不再或不敢去看他们的弱点了。问题不在于教育农民，而是所有的人，都应该到农村去接受贫下中农再教育。可是，即使对农民崇拜到这种程度，农民的形象在许多名小说家的笔下仍旧奇怪地不是主人公，虽然那些被描绘成主人公的有许多是农民出身，但当他成为主人公时却偏偏已经不是农民身份了。至于始终是农民的人，总不能成主角，他们是为了衬托另外一种力量的英明伟大才存在的，只有在少数作家如赵树理等的一小部分小说中，有时才成为主角。

所以，农民在文学中的地位和形象依旧长期处于不正常的情况之下，这使得历史也开始发急了。它煞费苦心地一连创造了好些特殊环境——如抗日战争、解放战争、大跃进和"文化大革命"等等。尽量让母体能够表现得充分和鲜明，好让我们容易认识并且不允许回避它的复杂性和多面性。

一九八〇年，我在表达我对农民的认识时说过这样的话：只有让八亿农民有了足够的觉悟，足够的现代办事能力，使他们不但有当主人翁的思想而且确实有当主人翁的本领，我们的国家才能欣欣向荣，才能够迅猛前进。

我不改变这个观点。[①]

我们之所以不厌其烦地大段引述高晓声的自述，是因

[①] 高晓声：《关于写农民的小说——在斯坦福大学的讲演》，《当代作家评论》2006年第2期。

为在这段话中，高晓声将他对中国农民的态度比较全面地说了出来，也间接地回应了鲁迅及其"国民性"批判的文学实践。在高晓声看来，深刻了解中国农民的不独有鲁迅，还有蒲松龄。他列举了蒲松龄的关于中国农民认识的三个洞见。我们可以看到，蒲松龄对中国农民的认识与鲁迅对中国农民的认识还是有着比较大的差异的。从高晓声行文的转折与语气中，我们可以看得出来，他更认同蒲松龄对中国农民的认识与理解。在上述的引述中，高晓声也认为是从鲁迅开始中国文学才开始关注"作为母体的农民灵魂"，但随后鲁迅开创的这条路没有走下去，我们开始"拜倒在农民的脚下"。关于这段知识分子与大众（农民）之间启蒙与被启蒙关系的转换，文学史上已有清晰的描述，在此不再赘述。尽管高晓声在上述文字中谈到了这种转换，对我们不再去看"农民的弱点"也有看法，但其主体的认识则是在我们的作品中"始终是农民的人，总不能成主角，他们是为了衬托另外一种力量的英明伟大才存在的"。在"陈奂生系列小说"中，我们看到了陈奂生的艰难悲苦、"阿Q精神"、拉关系走后门（借助与吴楚的私人关系办事）以及出国之后的"洋相"。高晓声对陈奂生的这些经历与遭遇基本上是平铺直叙的，尤其是涉及陈奂生的"国民性"和"洋相"的时候，我们在高晓声的叙述中感受不到冷嘲热讽与尖锐的批判，反而会无奈地苦笑。高晓声对于陈奂生的态度是同情大于批判，虽然他也说文学要干预灵魂，但很快就修正为有的灵魂需要干预而有的灵魂不需要干预，只需要显示就行。陈奂生的"灵魂"

"跟跟派"与"政治的玄学"——重读高晓声"陈奂生系列小说"

自然应该是不需要干预的，属于只要显示就行的。因为高晓声认为陈奂生们不但"应该得到同情，而且完全应该受到尊敬"。高晓声的这个看法不无道理，陈奂生们生活太艰难，太悲苦了。高晓声自然也不会用"理想人性"去过多地审视陈奂生们的"国民性"。这种情形一方面是与高晓声长期在农村生活，了解农民的疾苦、亲近农民的情感，对之有"理解之同情"有关；另一面也与高晓声选择的文学姿态有关，他不愿意与现实，尤其是农民之间形成一种紧张关系。要想保持鲁迅的文学姿态也是需要极为强大的精神力量和心灵力量的，而对于高晓声而言，无论是在主观还是客观上，都不具备保持鲁迅那种文学姿态的条件。"正是由于先有李顺大后有陈奂生，在许多论者的笔下出现了'农村题材'小说的发展由鲁迅到赵树理再到高晓声的线索。当然，我们不急于确立高晓声在文学史上的意义，随着时间的汰洗，高晓声的有些作品已经或者将会暗淡，但陈奂生形象则因其具有民族文化心理内涵而葆其'经典'意义。"[1]王尧的这段分析，至少委婉地表达了对从鲁迅到赵树理再到高晓声这个谱系线索并不是完全认同的。文学史上的线索可能会中断，但陈奂生的形象却是长久存在的。因为各种复杂的原因，高晓声与这个文学史上的线索或传统保持了一种若即若离的微妙关系。

---

[1] 王尧：《"陈奂生战术"：高晓声的创造与缺失——重读"陈奂生系列小说"札记》，《小说评论》1996年第1期。

小言杂谈

突围"幽暗意识"的可能
——读吴文君的《幽暗》

看文章的题目,我大体上能料想到《幽暗》的文学旨趣。小说读到一半时,我便想起了历史学家张灏先生的《幽暗意识与民主传统》。张灏认为:"幽暗意识仍然假定理想性与道德意识是人之所以为人不可少的一部分。惟其如此,才能以理想与价值反照出人性与人世的阴暗面,但这并不代表它在价值上认可或接受这阴暗面。因此,幽暗意识一方面要求正视人性与人世的阴暗面,另一方面本着人的理想性与道德意识,对这阴暗面加以疏导、围堵与制衡,去逐渐改善人类社会。也可以说,幽暗意识是离不开理想主义的,二者相辅相成,缺一不可。……人是生存在两极之间的动物,一方面是理想,一方面是阴暗;一方面是神性,一方面是魔性;一方面是无限,一方面是有限。人的生命就是在这神魔混杂的两极之间挣扎与摸索的过程。"这是历史学家的判断,太过于理性。《幽暗》直接切入具体可感的生活,就显

突围"幽暗意识"的可能——读吴文君的《幽暗》

得亲近、生动了许多。

小说中的两个中年已婚女性,因为孩子留学的原因在异国他乡遇"故知"。这里的"故知"不是多年的"旧雨"老友,而是有过相似"幽暗"经历的"新知"。"我"和洛恩相识在一次朋友组织的聚会,聚会上大家谈论的都是旅居、移民、陪读之类的俗事。虽然彼此加了微信,但一直没有联系。现在的通信工具越来越便捷了,即便身隔万里,一个发送键也会让你的声音和文字立即出现在大洋彼岸。虽然工具很便捷,但联络却未见得紧密起来。在忙碌与便捷之间,插入的是遗忘的休止符。

一些幽暗往事和幽暗意识,往往都压在身体的深处。在一个惯常的、熟悉的秩序中,在忙碌的世俗生活中,我们基本不大会想起这些创伤记忆或伤心往事;它们也很乖巧,亦不会主动冒出来。到了异国他乡,生活秩序变了,生活节奏也慢了,人也就闲下来了。这一闲,人的内心便不安分起来,就会胡思乱想、会玄思;而那些"压在心头上的坟"也会不由自主地浮现出来。

一个午后,"我"和洛恩坐在波士顿的一个喧闹的餐馆中,分享了各自的"幽暗往事","四周并不安静,挨着我们的那一桌,四个年轻的白人,喝着酒比中国人还喧哗。把这儿当酒吧了?我问她这儿天天这样?她说基本上"。"幽暗往事"本该在静谧的、私密的空间里分享诉说,而我们却选择了一个喧闹的、开放的空间。这种反差为这种"幽暗"增加了巨大的张力。

小言杂谈

　　"我"的"幽暗往事"发生在"我"与初中好友之间。"我认识她的时候还在读初二,她是新来的插班生。开学第一天,学校照例要搞一次卫生,我和她被派去操场搬砖。我们像蚂蚁一样来来回回搬着,每次碰到她,我就笑一笑。可能是因为老师说了,对新来的同学要友好;可能是因为她穿了一件跟我一样的衬衫。毕业后,我们进了不同的学校,还通过好多年的信。"不知道是什么原因,或是出自于某种"幽暗意识","我"有一次没有回复好友的信,后来她也没有再给"我"写过信。自此,她就开始对我充满了漠视与敌意。毕业十多年后的聚会上,她只是对"我"点点头,一句话也没有讲;在班级的微信群里,大家称赞"我"写的随笔,她却出来消解那些称赞,"她怎么不把她写的艺术随笔发给我们看看?我忽然就哑了,就息声了"。在社区志愿者的活动上,"我"遇到了她,有几次搭讪的机会都不错,最终却擦肩而过。"我"和好友之间的隔阂乃至敌意都是因为没有及时回复她的来信,加之"我"失恋后,想抹去之前的全部痕迹,顺带也终结了这段曾经的友谊。"我"做的这些都可算是无心插柳,但好友后来的反应却有些"幽暗"了。隔阂的形成可能就是一两句话,几分钟的事情,但要消除这些隔阂,恐怕就不是一件容易的事情了。这正如"囚徒困境"一样,彼此没有信任,也只好"幽暗"对方了。这种"幽暗"的循环,也只能是"相见不如怀念"了。

　　洛恩也和"我"分享了她的"幽暗往事"。洛恩和表弟从小就很好,小舅去世时,表弟才十五岁,是洛恩和丈夫陪

突围"幽暗意识"的可能——读吴文君的《幽暗》

着表弟守灵料理后事。她和表弟的隔阂发生在参加表弟的婚礼后。婚礼时"她的衣服太素净了。难怪贝贝的父亲见了她眼神变得那么奇怪,要不是中间她去上厕所,有人在那儿说他关照大家穿红一点,喜庆一点,她还不知道。她起先觉得这不能怪她,少女时代她就偏爱黑白灰,没必要为了喝喜酒改变自己的衣着风格吧?但是,怎么说她都不应该忽略贝贝的父亲肝癌晚期这个事实。又不是一件粉色的衣服都没有。她就是太自我了,太不考虑别人了。特别是几个月后,贝贝的父亲去世,她更觉得婚礼当天自己下了车走向贝贝一家,穿着黑裙黑高跟鞋捧着白手包的她不吉利极了,不是来喝喜酒,而是一个提早来报丧的人"。在现代社会中,个人的存在方式越来越"原子化"。这种原子化的一个直接结果就是大家越来越注重自我,自我已经成为现代社会一个不可撼动的、前提性的价值观。有些时候,自我与任性、随性这些概念在现实生活中是很难区分的。个体性的经验和感受在以自我为核心价值的现代社会中被突显出来,这也就导致了个体性经验与公共性经验、传统性经验之间的冲突与矛盾。韩少功说过,中国是一个人情大国,人情是世俗生活中的一个最大现实,处理得当则"赢家通吃",处理不当则"满盘皆输"。"言者无意听者有心",面对一个人的小举动,最后伤害的可能是一群人。尽管洛恩后来也设法弥补因过于自我的举动而带来的后果,但至多也只是抹平了表面的伤疤,情感深处的裂痕终将无法修补。有一次,洛恩回国探亲,在医院遇到了表弟的妻子贝贝,她们近在咫尺,贝贝就没有"认出"洛恩来,"隔天,我母亲叫了好些亲戚过来吃饭。贝贝进来,和往常一样喊了我一声,坐到一边陪女儿玩画画游戏,安安妥妥的。有鬼的是我,是我一直心怀鬼胎"。

在大洋彼岸的午后,"我"和洛恩互相讲述了各自的"幽暗往事"。无论是"我"还是洛恩,各自与好友、亲戚间的隔阂,可能是出自各自的"幽暗意识",也可能是源自某次误解、错辨。这种误解来自彼此的不信任,一方面是人性中与生俱来的"幽暗意识",这是"文明"难以根除的隐秘角落;另一方面正如吴文君说:"有多少种不同的生活,就有多少种不同的小说。"就是高度原子化的自我忽视了不同个体之间的差异性,造成了我们缺少共情的能力,彼此之间很难有理解之同情。那么,我们如何在这幽暗的人性深渊中实现突围,去探寻、搭建彼此认知、理解的桥梁,恐怕交往与讲述是一种重要的方式。在交往与讲述中打开人性中那些"幽暗"的角落,让话语的光热照耀进去。

吴文君有言:"华盛顿的越战纪念碑从形式上来说,就是一道伤口。人的身上也有着同样的伤口,只是有些能看到,有些因为藏得过深而看不到。"伤口虽然看不到,但疼痛一直都在。"无能"的文学与"无言的词语"有时候就是能够抵达那些我们看不到的深处,抚慰那些不留疤痕的疼痛,这或许就是将我们从"幽暗意识"的深渊中解救出来的一种有效方式。"小说并不创造什么,它只是在发现。往日还有无数的未知,需要洞见也只有洞见才能把它们一点一点解放出来。"

在历史与现实间游走
——近年中篇小说阅读札记

据言，20世纪90年代以来，文学创作已经没有大的或明显的潮流了。暂且不论这个断言是否准确，但从20世纪90年代至今的文学创作越来越碎片化、个人化却是一个不争之实。在长篇小说创作中，一些作家还存有表现时代精神的古典主义态度，在努力地贴近长篇小说创作上的宏思伟愿或是野心，但貌似没有收到特别好的结果。这种毁誉参半的努力，我们暂且不表。反倒是中篇小说创作，没有长篇小说的雄心壮志，暗合了20世纪90年代以来的碎片化的创作态势。

一、脚比路长？

青年问题是近年来文学创作中颇受作家们关注的问题。与青年相伴随的便是"成长"。在此，"成长"大体上有两层意思，一个是自然意义上的生长；另一个则是为了改变生存境遇，在奋斗过程中导致的心智上的成熟。前者常与青春的理想、欲望相连；后来则与青春的烦恼、困境相伴。

我们时常听到长者或成功人士鼓励青年人"脚比路长"，漫漫人生路要脚踏实地、好好丈量。但果真如前所言的"脚比路长"吗？或许对有些人是如此，对有些人则未必如此。

尹学芸的《李海叔叔》（《收获》2016年第1期）写的就是"未必如此"。小说讲的是"我们"家与李海叔叔一家相互借重一道"成长"的故事。"我"家生活在一个山村，李海叔叔家生活在百八十里外的另一个山村。两家不同之处在于，"我们"一家全是农民，父亲与李海叔叔相识在特殊的年代里，那时父亲在窑厂干活，李海叔叔是附近矿山上的工人。开始李海叔叔是父亲的徒弟，后来和父亲结拜后就成了我的"亲叔叔"。李海叔叔常来我们家"扫秋风"（若干年后，"我"与李海叔叔家的哥哥妹妹们重逢时，他们用此来形容当年对李海叔叔从我们家拿东西回去的期待），彼时我们家也不富裕，但为了让李海叔叔来了吃得好，走的时候拿得多，父母也常常要到邻居家借些东西来。当然，在"我"童年的生活中，倒不介意李海叔叔到我家来"扫秋风"。李海叔叔长得好，见过世面，知道得也多，"在我们眼里，或者在我的乡邻眼里，叔叔是高门贵客，是见过大世面的人。他随便说点什么，都是我们不知道的"。李海叔叔的到来，满足了"我们"家的面子或者是虚荣心，尤其是"我"在

"成长"中对大千世界的好奇与对山外世界的向往，都被李海叔叔的"古今中外"填补得满满的。有时候虚荣心被填得再满，也抵挡不住饥饿或者优越生活的诱惑，"我们"也时常饱受李海叔叔"扫秋风"带来的"恶果"。但这"恶果"终究是暂时的，因为"我"在"成长"时把摆脱乡村生活的全部想象都寄托到了李海叔叔身上。即便当"我"知道了李海叔叔的家在深山，"可我却对小伙伴说，叔叔一家住在大城市"。这份虚荣固执而坚定。若干年后，"我"终于到了城里，李海叔叔还特意来"我"家里看看"我们"生活得如何，回去告诉家里的孩子"二妹虽然住楼房，但生活差。吃饭就吃一盆棒子面粥，还不如二十年前呢"。

　　李海叔叔的生活观念还停留在二十年前，但生活的脚步却不停地前行。李海叔叔这些年的脚步又丈量了些什么呢？这二十年的路，于他而言又意味着什么，停滞踏步，还是"无路可走"？而"我"这二十年来却是"一路走来"，当年的"我"在读了潘晓的那篇名文《人生的路啊，怎么越走越窄》，还给李海叔叔写信言及成长的烦恼，而如今李海叔叔已经到另一个世界去了。二十多年后，"我们"与李海叔叔家的孩子们重逢，中间一些年"我们"彼此杳无音信。可以想象，这样的重逢大体上都是客套、隔膜以及对过去的美好回忆。当然，于"我们"而言还有怨言。尽管现在"我们"两家人都过上了好日子，我们用脚走过了那条从大山通向外面世界的崎岖山路。但是，终究还是有一些"心路"我们无法走完，甚至从来没有走过。在此，丈量已经完全没有了意义。

　　脚真的比路长吗？我看未必。

二、"这将是我这一生最后一次，为自己而哭！"

　　"但我发誓，这将是我这一生最后一次，为自己而哭！"这是邵丽的小说《北地爱情》（《人民文学》2016年第1期）行将结束时，"我"说出的一句狠话。我们在生活中时常会听到这样的狠话，有时甚至都听得麻木了。但在近年的小说中，我们反倒是见不到这样的狠话了，或者说见不到在小说的整个气象上有股子狠劲儿了。我倒不是说邵丽的《北地爱情》有狠劲儿，只是不那么"软"罢了。

　　《北地爱情》讲的是一个刚毕业的女博士与上市公司老板间的爱恨情仇。"我"博士毕业时，没有像父亲期许的那样回家做副县长光宗耀祖，而是来到了Z城的金帝上市公司。到了公司不久就做了董事长的秘书，接触多了，"我"也就走进了这个与我父亲年龄相仿的男人的生活，一切的纠葛也从此开始。老板的妻儿都在国外，"我"填补了他生活中的一个角色。"我"是老板的情人，慢慢地"我"也爱上了他。但最终他的妻子回来了，"我"就被迫远离了他的生活。但"我"以为，他会舍不得"我"，还会让"我"回到他的身边。尽管在这期间"我"用了各种幼稚的办法去"伤害"他，想以此引起他的注意，比如与"男朋友"在厂区内外招摇、放纵，诸如此类均无效果。"我"最后还是按照他事先设计好的道路选择离开，除此之外"我"似乎无路可走。

《北地爱情》无论是题材还是叙述，都没有给我带来大的惊喜。但是，小说的结尾却让我比较喜欢，就是因为"但我发誓，这将是我这一生最后一次，为自己而哭！"这句话。"我"是一位女博士，标准的女知识人（在此我不想使用"知识分子"这个词，因为小说讲述的不是一个与"知识分子"有多大关联的话题），与近来涉及"知识人"或者"知识分子"话题的小说（如阎真的《活着之上》等）中主人公的"软"相比，《北地爱情》中的主人公显然是有些"力量"的。当然，《北地爱情》中的"我"与聂致远面临的境遇不一样，聂致远面对的是无比强大、冷酷的现实与体制，"我"面对的是多少对"我"有些怜惜的情人。两者的境遇有着天壤之别，似乎无从比较。即便如此，邵丽也可以把"我"面对被迫离开的情形写得很狼狈、很凄美、很无助，总之可以写得很"软"。尽管"我"并未被邵丽写得那么强硬，那么有力量，没有孤注一掷地反抗与舍弃，只能按照老板设计好的"道路"走了，但终归还算走得体面，没有像老板妻子那样衰弱不堪，也没有像"我"的前任李毓秀那般死去。最后，"我"得以到意大利的分公司去工作，享受着地中海的蓝色忧郁，对"我"来说算是一个好结局，而在我看来这也算是一个"有力量"的结局了。

在此，我不想苛求小说家和小说中的人物按照我们理想的价值观念与生活逻辑去行事。当我们以自身在现实生活中的逻辑去看小说家的讲述与塑造时，自然就会有理解之同情了。或许有人会说，小说是一个虚构的王国，小说家是这里的国王，可以按照理想的状态来塑造人物，可以让人物与情节不按照现实的逻辑来发展。但小说家毕竟是生活在这个现实中的人。我们匍匐久了，可能就丧失了飞翔的能力了。

三、大学与大楼、大师

　　大学与大楼、大师的关系，梅贻琦先生已经在他的那句名言中说得再清楚不过了。即便如此，这一问题直到今日也没有在当下的教育中得到妥善的解决。杨小凡的《大学》（《人民文学》2016年第3期）讲述的就是江南医科大学副校长钱强与土豪赵大嘴联合办学的故事。赵大嘴是一个土豪，没有文化，赚钱的方式也简单粗暴；副校长钱强有文化、深谙利用时下政策赚钱的诸多"潜规则"。他给赵大嘴出谋划策，和江南医科大学联合利用教育产业化的政策办独立学院，而他自己则身居幕后坐收渔利。赵大嘴虽是商人，但在有些事情上却极为有原则，与钱强纯粹利用教育产业化来图利相比，赵大嘴反倒是把教育看作"百年树人"的大业。最终，赵大嘴无法忍受钱强们的贪婪以及"学院政治"的勾心斗角，决定从这个独立学院撤出来。当然，赵大嘴这个土豪的第一桶金以及他的资本的原始积累的过程，肯定是不干净的。他的结局，我们也可想而知。

　　近年来关于大学的小说有阎连科的《风雅颂》、阎真的《活着之上》等。这两部小说主要言及的是大学中知识分子的"丑陋"和在体制中的生存境遇，算是大学体制中的内部问题；而《大学》讲的是教育体制中的外部问题，讲的是权力和资本相结合如何攫取利益最大化的腐败问题。《大学》所言的教育产业化是现实题材，也能与当下的反腐相关联。这类以时下热点为题材的小说创作容易与"感同身受"的读者产生共鸣，有社会影响；同时也容易把问题简单化、新闻化，在人物的塑造上还略显粗糙，无论是赵大嘴还是钱强在性格、心理的叙述上都有些脸谱化，缺少深度。同时，这类小说的言说深度也容易受到时下环境的影响，对有些问题的叙述也不够深入。当然，这一点我们也不宜苛求作者。

四、在历史与现实间游荡

　　《李海叔叔》中的李海是"右派"、《北地爱情》中"我"的父亲当年是革委会副主任。这是两部小说相似的一个细节——小说中的人物都涉及了共和国的两段重要历史。但在小说家的叙述中，却没有更多地与这两段历史建立深刻的、广泛的历史关联，而是与之擦肩而过。由此可见，两位小说家对待历史的态度是谨慎的，同时也是暧昧的，有欲言又止之感。

小言杂谈

近年来一些作家纷纷将创作的注意力转向了社会热点，这种倾向至少体现了作家的现实关怀，不可谓不好。但问题也随之而来，那就是如何将热点转化成文学，这对许多作家都是一个难题。

历史记忆与现实感
——2016年长篇小说的阅读札记

我们这个民族的历史可谓源远流长。漫长的历史中,有辉煌,亦有伤痛。复杂而矛盾的历史,对于现实而言可能是个"负担",但对于作家的创作来说,无疑就是一笔巨大的财富。许多有着史诗性写作雄心的作家,都会对这漫长的历史进行自我的讲述。

一

吴亮先生是著名的批评家,当年先锋文学尚未声名鹊起的时候,他就执迷于对那些先锋作家进行批评了,最为著名的就是《马原的叙述圈套》。随着先锋文学的潮起潮落,吴亮也淡出文坛许久。数年前,吴亮又以极其醒目的方式,重现其批评的身影。或许批评已经不足以给吴亮带来挑战与乐趣，他转身开始创作，《朝霞》就此诞生。据说，吴亮先生创作《朝霞》的过程，也是充满了挑战与焦虑的。

吴亮的创作与其批评一样，均充满了力量，火力十足。

从小说的名字我们就能猜到吴亮先生瞄准的是哪个时段的历史。"文革"末期上海有一本著名的文学杂志就叫《朝霞》。伟大领袖也曾寄语广大青少年是"早晨八九点钟的太阳""世界是你们的，也是我们的，但是归根结底是你们的。你们青年人朝气蓬勃"。我不知道，吴亮在给自己的小说取名字时是否有过这些考量。没有也不要紧，就当是我们读者依据自己的阅读传统或阅读积累的"前理解"的自然反应。吴亮也曾说过"我们每个人的阅读史，就是我们每个人的内在传统，独一无二的传统，不可替代的传统，写作就是把自己的传统想办法传递出来，让它成为一个物质存在"。我想写作如此，阅读也该如此。

小说《朝霞》讲述的是阿诺和他的小伙伴们的"文革"经历和个体成长，亦或是吴亮的"文革"经历与个体成长。《朝霞》在叙事形式上是极不合常规的——故事的推进、知识学的论辩、思维的跳跃，诸多叙述方式被吴亮糅合在了一起。这种不合常规，会给阅读带来诸多的不适感，乃至于厌烦。吴亮自己也说"我的写作可能是写给作家看的，应该是写给评论家看的，因为它有一定的阅读难度"。这样的解释是否能消除我们对阅读《朝霞》不适感的疑虑，在此暂且不论。但我以为，《朝霞》的价值也就隐匿在这不合常规之中。《朝霞》触及的历史，已有诸多的文学叙述了，在此方面吴亮也讲不出新的花样来。但在小说推进过程中,我们常可看到那些历史、宗教、哲学、文学等知识和思想的论辩,就是吴亮先生所独有了。这些驳杂而丰富的知识,绝非是空洞的能指,而是充满了历史的内涵与逻辑。我们看到这些知识和思想的论辩,都是指向了"文革"十年的历史,进一步而言,是对于"革命"的整体性思辩。在这有些枯燥的思辩中,我们更会感到吴亮的激情与力量,他集中火力拷问革命的异化与历史的荒诞,锱铢必较、穷追猛打。尽显其当年的本色,正如黄子平所言的那样"这就是那个'八十年代的那个吴亮'"。

吴亮在《朝霞》中展现的火力,想必也与他的现实感有关。20世纪90年代以来,中国的思想文化界产生了巨大的分歧,各方也曾有过激烈的论争。到了新世纪,吴亮也接连"亮剑",批评、论争的火力猛烈而精准。历史的记忆扎根于心,面对现实总会浮现出斑驳的旧影;现实的"风景"就是生命的直感,面对历史总会有"切肤之痛"。历史记忆与现实感,相互交织,难分彼此。现实搅动历史,历史刺痛现实。叙述的力量,就在两者的焦点上。《朝霞》就是对这焦点的叙述。

格非的《望春风》是其《江南三部曲》后的又一部长篇。表面上看,小说是对故乡、乡土的回望,格非自己也坦言"再不去写,它可能真的就悄无声息地湮灭了"。但我以为,故乡、乡土只是《望春风》的表象,《望春风》的内里面对的还是历史。

《望春风》讲述的是"我"关于故乡在20世纪60年代以来的历史记忆。故乡或乡土是小说讲述的场景,重点还是讲述历史变迁中的人心、道德、伦常的变化。格非在《望春风》中集中展现了在那个风雨如晦的历史时段,历史对于日常生活经验的颠覆与改造。在此,我们处处可见历史的强悍与无情,也见证了个体的脆弱与渺小。

小说从"我"的童年讲起,通过"我"的成长,来映射历史的风云变幻。"我"的父亲、唐文宽、赵孟舒等人,均是有"历史问题"的,他们或以隐姓埋名的方式掩盖自己的历史,在新社会中"洗心革面"重新做人;或者如赵孟舒那样顽固不化,他与王曼卿在蕉雨山房优雅地厮守终日,他誓言"他的脚决不踏上新社会的土地"。既然有旧社会的破坏力量和旧时代的遗老,就有新社会的革命力量和新生代,如德正、定国、定邦等。新时代狂风暴雨"横扫一切牛鬼蛇神",在天翻地覆的巨变中,旧时代的一切也烟消云散。个别例外如赵孟舒者,固守他的旧派生活的结果也只能是与那个旧时代一起灭亡。在这里,我们也可见"新"与"旧"的交替,但格非并没有让这新旧交替显得那么直截了当。既有顺应历史潮流的识时务者,亦有宁死不屈的坚守;既有新生力量的"暴风骤雨",也有无情历史背后的人性、伦常温暖。

格非讲述历史的雄心,远远不止于20世纪60年代这个历史的截断面,他把叙述的视角延展到了当下,拆迁、污染、路虎越野车、装修公司等这些在时下新闻中频繁出现的

历史记忆与现实感——2016年长篇小说的阅读札记

词汇也出现在了《望春风》的尾声处。小说中新一代以及"我"、我的同代人的命运也随同这些新词儿又来到了一个新的历史时期。这段切近的时间，远未成为"历史"，它还是"新闻"，还是"现实"，但格非将它纳入到了历史叙述的脉络和时间流动之中。这是格非在《望春风》中对历史的跨度的尽力阐释，但这样的努力恐怕并不成功。

与吴亮先做批评后写小说相反，格非则是先写小说后做学者。在《望春风》中，我们也会看到格非自己的阅读史，西学如荷马、福克纳、艾略特、卡萨雷斯、乔伊斯、普鲁斯特等那些西方文学史上伟大的作家与作品；中学如《封神榜》《绿牡丹》等古史演义，私塾、古琴等旧时代的物质遗存。近年来格非的创作也逐渐从早期的"先锋"叙述，转向中国传统文学叙述体例。格非的这种转变，不仅体现在叙述方式上，同时也体现在叙述的内容上。在《望春风》中，我们断断续续可见这种转变的印迹。

张炜的小说创作从文学地理学的视角看，瞩目于胶东半岛的历史记忆与风土人情。《独药师》是张炜的新长篇，聚焦于胶东半岛在20世纪初那种"三千年未有之变局"的风云变幻。与前两部小说关注20世纪60年代以来的历史不同，《独药师》所展现的历史时段，显然与共和国的历史拉开了较大的距离。张炜个人的知识、文化背景似乎也与吴亮、格非不大相同。齐鲁大地传统文化深厚，张炜生于斯、长于斯，长期浸淫在这种浓厚的氛围之中，自然要深受影响。近年来，张炜在小说创作之外还写了大量关于古典文化的随笔，如《也说李白与杜甫》《陶渊明的遗产》等，对古典文化的专研，对小说的叙述、语言等方面均有较大的影响。

《独药师》以辛亥革命前后胶东半岛的养生世家季家为核心线索，展现了季氏家族在风起云涌的革命风潮与历史变动中的"生死契阔"。小说将家国历史、"大历史"中的个人抉择，文化传统的赓续等一系列近代以来的历史困境与转型难题进行了精微的处理。

养生是小说的一个明线，也体现了传统的神秘文化。无论是小说的内容，还是叙述的语言，都很"传统"，有"旧味道"。革命是摧枯拉朽式的巨变，是对"旧"的否定与破坏。但张炜并未就此"新旧"二分，而是将"新"与"旧"处理得较为模糊、焦灼。新旧更替是历史的趋势与必然，但在这转型的"历史三峡"中，传统文化可否作为一种资源、一种神秘的良方，继续"治病救人"经邦济世，是张炜所要探讨的大问题。

传统文化的转化问题是一个世纪性的文化难题。时下，传统文化又有勃兴之势。张炜的《独药师》讲述的时间，虽远离当下，但其触及的问题却是一个"老生常谈"悬而未决的难题。相距一个世纪的回望与呼应，能否在历史的经验中找到破解文化难题的方法，或许在此也没有一个明确的答案。

历史记忆与现实感——2016年长篇小说的阅读札记

二

"民国"是近年来文化界的热点和关键词。无论是在创作中，还是在研究中，对"民国"的标举与推崇均是蔚为大观。在创作上，大体均以"民国"为主题，讲述那个时代的变动与多元。在研究领域，以政治更迭为限，切分百年来的中国文学，细辨让文学勃兴的"民国机制"。在这股持续的"民国热"中，葛亮的《北鸢》是近年来一篇有影响的作品。

《北鸢》创作的路数，大体上不脱其他类似小说的套路。葛亮在小说序言中，上来就自言"这本小说关乎民国"。单刀直入，挑明叙述的核心，在类似的小说序言中也算少见。小说讲述了我们所了解的、期待的关于"民国"的种种"风景"。这里有民国的风雅，如襄城里的画家吴清舫"齐一心之志，投身绘事，习《芥子园画谱》，视为初学之津梁。其间笔喻耕耘，遍访名山，胸藏丘壑，精工花卉、羽毛、走兽、人物，无不涉猎，所谓'画得山穷水尽'。匠心锐意，终自成一家……机缘巧合，五六年前，其画作被国民政府选送巴拿马万国博览会，竟一举获得金奖。于是成为国际上获得金质奖的第一个国人。此举似乎有些空前绝后"。小说中亦有民国的军阀割据、动荡战乱，"司令过谦了。听说近日寿宴，一'张'之后，更有一'张'。效坤公的那副寿联，何不也拿出来，让我们开开眼界。大家听到张宗昌的名字，不禁都有些无措。话到了嘴边，也没说出来。方才讲

153

话的是天津的名律师张子骏，人们知道他与石玉璞的渊源，是拜了码头的徒弟，也就顿然明白。这一唱一和，是石玉璞要坐实了'奉系三英'的交情"。各路军阀背后均有外国势力的介入，这些外来的力量也给民国带来了西式的风景，"汽车七拐八绕，到了紫竹林一带。景观渐渐不同，待上了维多利道，见着洋行和洋人都多起来。又过了黄家花园，昭和才看出进了租界区"，除此之外，还有西医、传教士，他们带来的不仅是风景更是一种新的价值与文明，而且在这民国的变动中，他们也深深地卷入了现代中国的历史进程。

民国初年，现代中国的民族资本主义也有了一定程度的发展，《北鸢》中以卢家睦的事业发展展现了民族资本主义的艰难发展。在这一方面，茅盾的《子夜》无疑是这方面的开山之作。《子夜》表现了民族资本主义艰难萌芽的同时，也刻画了民族资本家吴荪甫的丑陋。但《北鸢》中的卢家睦却是相反的人物。他代表了商业利益之外的重情重义，他或许代表了"抒情民国"的一个面向，"这事情出来，徐掌柜便主动辞职。家睦给他结算了满月的工钱，因为订约时原是顶了身股的，就又多算了一些。姓徐的拿着银钱，有些开不了口。家睦便说，兄弟，你这么做，自然有你的道理。可是自己的道理，总比不上这世间的大道理。自古以来，商贾不为人所重，何故？便是总觉得咱们为人做事不正路。我们自己个儿，心术要格外端正。要不，便是看不起自己了"。

在《北鸢》中，葛亮虽然以温婉细腻的笔调向我们描摹了民国的种种风景，但这些风景，或许并不是最重要的。我以为,《北鸢》中最重要的是表现了一个变动中的民国,也就是从民国到共和国的历史演进。虽然小说的时间终止在20世纪40年代,但小说中所流露出的意向与趋势却一直在我们的阅读视野中延展着,或许也如王德威所言的那样:"《北鸢》的故事完而未完,而哪一个时代的故事又有必定的结局?唯有蓦然回首,往事历历,犹如断线远扬的风筝,忽远忽近,带来无限顾盼期望,终究怅然消失。"《北鸢》中的"变"主要体现在文笙、仁桢这两位有缘人的身上。文笙是突然来到卢家的,童年算是过得安稳,但随着历史的动荡,战争的风云突起,文笙也离家在外。家仇国恨,催生了文笙的变化,他开始向"左"转,在课堂上、在社会上,开始接触到了中国共产党。文笙虽不是卢家骨肉,但也是在卢家长大的,也算是大户人家的子弟。文笙的这种转变,其实在现代文学史上已有先例,如路翎的《财主底儿女们》中蒋少祖的转变。转变之后会如何?葛亮没有往下写,历史在《北鸢》的结尾处,戛然而止了。"转变"后的历史如何写,对于作家来说是一个难题。但正如开篇所言,这就是一本关乎民国的书。写到此,也算是合情合理。

葛亮的文笔婉约、古雅精致,这样的语言实在是适合"抒情民国"的讲述。在《北鸢》中,除了抒情、风花雪月之外,更有在民族危难关头的慷慨悲歌、从容赴义。这样的悲怆沧桑为此前关于民国题材的小说所不多见。《北鸢》中写道京剧名伶言秋凰忍辱负重杀掉了日本军官和田,"言秋凰从头发上取下发簪。发簪尖利,是微型的匕首。浓黑的头发倏然披散下来,将她脸部的轮廓勾勒得妖冶而阴沉。这一刹那,和田绝望地闭上了眼睛。他终于没有看到,闪着寒光的发簪插入了自己的颈项"。言秋凰将"和田的尸首刺得千疮百孔。电唱机仍然在咿咿呀呀地唱。她换上了一张自己的唱片。那是她录制的唯一的唱片,在平津评选'八大名伶'之前。她何曾如此清晰地听过自己多年前的声音,原来分外悦耳"。

葛亮笔下的民国,并不是一片净土。这里有时下对民国的想象,也有战乱、动荡,上至民族大义,下达日常生活,让我们真切地感受到了民国的风云激荡。

三

近年来,一些作家热衷于从新闻和时下的热点中选取题材,进行小说创作。贾平凹的《极花》,虽说是缘自十年前的旧闻,但拐卖妇女的事情也会时常出现在今天的新闻中。"旧闻"依旧是"新闻"。

我不大想用现实主义这个概念来概括《极花》,我觉得用现实题材来分析《极花》可能更准确。在贾平凹的创作中,有很大一分部分是属于现实题材或者是社会热点问题的,这是贾平凹创作中的一个持久倾向。此前的《带灯》,这次的《极花》写的均是社会热点。一个与上访有关,一个是以被拐卖妇女为主线。对现实与社会热点的关注,体现了一个作家的现实关怀，也是一个知识分子应该持有的道德与伦理姿态。但与此同时，是否意味着像有些人批评贾平凹时说的那样一定要"接触小说原型"，我想未必如此的。小说原型对作家而言，只是一个创作的原初动力，整个创作过程还是要靠作家自身的运思。文学本质上是虚构。营造一个适合人物发展的情境，符合人物发展逻辑的推动情节是最主要的。至于在这些情境和情节中有多少是真实的，有多少是虚构的，其实不是特别重要的问题。现实题材的文学作品本身固然会有一种教化功能，但我们也不可据此就期待一部小说去影响多少人，去改变多少现实。诚如鲁迅所言，文学有的时候是很无力的。更何况文学已经被边缘化的今天，就不必期许更多了。

《极花》讲述了一个被拐卖女子在陕北黄土高原的命运，从反抗到妥协，直到生了孩子后的"最终"妥协。拐卖妇女在前些年是个社会热点，直到今日也偶尔会看到一些关于解救被拐妇女的新闻，也知道了那些女子的悲惨遭遇。我以为作家创作的灵感或内容来源，可以是新闻报道、社会热点，但应该对此进行沉淀或艺术化的处理。因为我们可能会因为立场、视角等各种原因"不识庐山真面目"。所谓沉淀，就是要利用时间，尽可能地与现实、时代拉开距离，这样可能把事情看得更清楚明白，同时情感经过沉淀后才会有所节制。我以为，好的小说也需要沉淀与节制。所谓艺术化地处理，就是小说要与新闻报道拉开距离，甚至要断裂、要相向而行，而不是在具体细节上的丰富与完善。如果小说的主体内容、情节与新闻报道大体一致，小说的艺术价值就大打折扣了。从这个意义上来说，贾平凹的《极花》就存在着这方面的弊病。

卡尔维诺说过："当我开始我的写作生涯时，表现我们的时代曾是每一位青年作家必须履行的责任。……源于生活的各种事件应该成为我的作品的素材；我的文笔应该敏捷而锋利。然而我很快发现，这二者之间总有差距。我感到越来越难以克服它们之间的距离了。"我以为当年卡尔维诺在写作之初遇到的难题，也是贾平凹在近期创作中呈现的问题。能否克服文学与社会热点题材间的距离，是这类写作成败的关键。

北村有近十年未有"大作"了。《安慰书》是这十年来的首部大作。北村的创作风格主要是"先锋"。《安慰书》从主题上看，并不算"先锋"。小说从一桩杀人案开始，"我"是一名律师，接手了陈瞳杀人案件。在对案件真相的追踪中，接触到我们当下存在的一系列社会问题。北村对这些问题的讲述很写实，诸如激情犯罪、花乡集团老总的豪华宫殿"白宫"。小说中还涉及了关于时下社会发展中的一些争论。

小说中的案件，似乎倒在其次了，反而是牵带出来的这些事件、新闻是主要的了。北村在小说的后记中说："这个时代不是狄更斯笔下'最好的时代或最坏的时代'，而是一个深刻变化的时代，我们要探讨的不是好也不是坏，而是好和坏的变化以及其中非常复杂的精神图景。"但在《安慰书》中，我们似乎并没见到多么"复杂的精神图景"，反倒是一种相对简单的二元对立的精神图景。

我以为，"先锋"至少体现在两个层面，一个是形式探索的层面，一个是精神思想层面。如果说北村的《安慰书》真如评论中说得那样是一部先锋小说的话，我以为，这种先锋意识也主要是体现在小说的精神、思想层面上。先锋精神或先锋意识，说到底，就是反主流，就是个体与外在世界的不和谐，经常处在一种对抗性的关系之中。《安慰书》中的人物，也多是处在与这个外在世界的分裂状态，这种分裂的状态造就了他们在这个大变动时代中的矛盾处境，呈现出一种"复杂的精神图景"。我们常说，人之将死其言也善，一个人想通了生死，自然也就通透了：

今天却重新活过来了！复活重生一般，果真有复活这回事啊……不多写了，你们要多保重，每一个人都要保重，现在我爱你们每一个人。矫情，让你们见笑了，我过去也是个文艺青年，爱看小说，订过《收获》《花城》杂志，也写过诗，我死后，去的地方，我会再写两首，念给我儿子听。

在上述陈先汉的遗言中，我们看到了他的"其言也善"，但写到此，北村却荡开一笔，陈先汉矫情了起来，坦言自己是个文艺青年，读《收获》《花城》这样的纯文学期刊，还写诗。我实在无法理解，北村为何这样写。在这样一个娱乐化的时代，大家对文艺的嘲讽还不够吗？大家对文学的调侃还不够吗？难道北村想要借此来表达对当下文学的不满吗？

　　写现实题材的小说，对作家而言，我以为是一把双刃剑。现实题材与社会热点，可以体现作家的良知与道德情怀，同时也符合大众对作家或知识分子的"代言人"身份与伦理意识的想象；现实题材的小说受到的关注度高，容易产生社会影响力，与更多的读者产生共鸣；最后，有了关注度，自然就有了销量，作家的收益也会随之增加。这是一个名利双收的事儿。在文学已经边缘化的今天，纯文学创作已经很难引起较大的社会关注了。因此，很多作家在近年来纷纷将创作的笔触从历史转向了现实。

　　作家面对当下的热点，很难对其进行间距式的审视，同时也容易顺从多数人的想法，难有独创的见解。一部好的作品，既需要时间的沉淀，同时也需要与"众数"的博弈。